ユーリ・オーレアリス

天才と敬遠される悪役令息

ブリジット・メイデル

高飛車で傲慢な悪役令嬢

悪役令嬢と悪役令息が、出逢って恋に落ちたなら 4

～名無しの精霊と契約して追い出された令嬢は、今日も令息と競い合っているようです～

榛名井 illust. さらちよみ

――落ち合うのは、空を映す湖。

――すべての本物で、
星明かりの夜を反転せよ。

「君が、好きなんだ。

ずっと、ずっと――好きだった」

「……っ」

花束のような言葉を贈られるたびに、
胸を、温かい何かが満たしていく。

CONTENTS

第一章　迫る卒業試験……003
第二章　見えない思惑……048
第三章　狭間の世界……069
第四章　悪妖精の罠……097
第五章　君がいたから……127
第六章　屈折した感情……190
第七章　恋に落ちたのは……225
第八章　異変の前触れ……250
書き下ろし番外編　積もり続けたのは……258

悪役令嬢と悪役令息が、出逢って恋に落ちたなら 4

～名無しの精霊と契約して追い出された令嬢は、今日も令息と競い合っているようです～

第一章　迫る卒業試験

――痛い、と思った。

寒いでも冷たいでもなく、痛い。そう思ったのも当然のことで、頭の上から勢いよくかけられたのは氷水だったのだ。

身体が千切れそうな痛み、だった。そんなことを思いながら、尻餅(しりもち)をついたユーリは小刻みに震えることしかできずにいた。

「少し、やりすぎじゃないのか」

頭上から降ってきたのは、そんな声だった。

ユーリは二の腕をさすりながら、顔を上げる。レスターは隣に立つクライドを見ていた。

上から二番目の兄レスターと、三番目の兄クライド。眼鏡(めがね)をかけて、几帳面(きちょうめん)そうな顔つきをしたレスターと、空になった桶(おけ)を手にして薄笑いを浮かべるクライドの容姿はあまり似ていないが、年齢の近い二人はいつも兄弟というより友人のような距離感で話している。

「やりすぎだって？　コイツが兄貴にしていることに比べたら、こんなの可愛(かわい)いもんだろ」

「そうは言うがな」

言い返すレスターだが、乏しい表情と声からして、心からユーリを案じているわけでないのは明らかだった。自分の立場を鑑みて一応言っておくか、程度のものだ。

その証拠に、レスターが最後に言い残したのはこんな一言だった。

「くれぐれも、公爵夫人には知られないように気をつけろよ」

「はいはい、分かってるって」

レスターは地面に座り込むユーリを一瞥することもなく、さっさと薄汚れた物置小屋を出て行く。

そこでクライドは浮かべていた笑みを消すと、冷たい目でユーリを見下ろした。

「仕置きだ。そこでしばらく蹲ってろよ」

震えるユーリに向かって一方的に言うなり、踵を返す。

狭い小屋のドアは、軋んだ音を立てて閉められた。鍵を閉められなかったのは、せめてもの温情か。クライドも、さすがに屋敷の敷地内で身内殺しの罪まで負う気はないのだろう。

その場に取り残されたユーリは、白い息を吐く。

「……生臭い」

クライドが氷水を入れていたのは粗末な桶だった。きっと厩舎で使っているものだろう。全身から獣くさいにおいが立ち上ってきて、ユーリは鼻が曲がりそうだった。

「それに、寒い」

初冬の冷気が満ちる小屋。水に濡れた身体からは、急激に体温が失われていく。

濡れた服ごと肩や二の腕を擦ってみるが、歯の根が合わず、ガチガチと耳障りな音を立てる。

そのとき、ユーリの右側の空間がぐにゃりと歪んだ。空間に裂け目ができたかと思えば、そこから飛び出してくるのはユーリの契約精霊たちだ。

『ますたー！』

悲鳴のような声を上げてユーリに飛びついてきたのは、氷の狼フェンリル。

「うわっ」

フェンリルの体重を受け止めきれず、ユーリは地面に頭をぶつけそうになる。そんなユーリの身体をフェンリルごと包み込んだのは、ウンディーネが出現させた水球だった。

触れるとぽよん、ぽよん、と弾む不思議な水球。ユーリが目を丸くしていると、ウンディーネが物憂げな溜め息を吐いた。

『なんて汚らしい水なのかしら。こんなものをマスターがまとっているなんて、いやになっちゃう』

人ではあり得ない、精緻に整いすぎた美貌をウンディーネが歪める。

清らかな水を愛する彼女にとって、クライドの持ってきた汚れた氷水は毒のようなものだろう。

ユーリは申し訳なく思い、素直に謝った。

「ごめん、ウンディーネ。お前にいやな思いをさせて」

『違うわ。マスターを責めているわけではないのよ』

すぐにウンディーネは否定したが、なんて続ければいいのか分からない様子で頬に手を当てた。

人と精霊はまったく違う生き物だ。脆弱な身体で短い一生を送る人間と、永久に近い時間を生きていく強靱な精霊では、持っている感情や感覚が違う。ウンディーネはユーリに対して感じた複雑な何かを、うまく言葉にする術を持っていなかった。

『……とにかく、早く着替えたほうがいいわ。それにお風呂(ふろ)で身を清めて、温かくしないと。人間はすぐに弱っちゃうんだから』

　気を取り直してウンディーネが言うと、ぐるる、とフェンリルが低く唸(うな)る。

『それより先に、あいつら、ボクが噛(か)んでくる。殺してやる』

『ワタシが吊(つる)し上げても構いませんわよ、マスター』

『ねぇいいでしょ、ますたー。今度こそいいって言ってよ！』

　反応に困ったユーリは、全身の毛を逆立たせるフェンリルの身体を撫(な)でてやった。そのたびに服から大量の水滴がこぼれていく。

「フェンリル、ウンディーネも落ち着いて。僕は平気だよ」

『でも、ボクはやだ！』

　いやいやをするように頭を振り、フェンリルは鼻の頭でぐいぐいとユーリの胸を押す。それだけで倒れてしまいそうな、か細い主人を。

『なんで、やられっぱなしで平気なの？　悔しくないの？　ボク、分かんないよ！』

　吠(ほ)えるフェンリルに、ユーリは弱々しい声で返す。

「だってこれは……罰みたいなもの、だから」

『ますたー……？』

　その呟(つぶや)きの意味が分からなかったのだろう。不安そうに呼んでくるフェンリルを、ユーリは揺れる瞳(ひとみ)で見つめる。

そのとき、壁の隙間(すきま)から容赦なく木枯らしが吹き込んだ。

風が吹けば脳みそまで凍りつきそうになって、ユーリは荒い息を吐くフェンリルの首にぎゅうと抱きつく。

「それに、お前の毛皮はあったかいから……だから、大丈夫だよ」

自分に言い聞かせるように、大丈夫、大丈夫、と何度もユーリは繰り返す。

抱きつかれたフェンリルは、しばらく唸り続けていたが……やがて震えるばかりの小さな主人の頬に、湿った鼻面を押しつけた。

十二の月の始まり。

季節は冬である。前日に降った雪がうっすらと積もって残る路面を、何台もの馬車がゆっくりとした速度で進んでいく。

乗り降りにも時間が掛かるからか、いつもより正門前の停車場は混み合っていた。

「義姉上(あねうえ)、お手をどうぞ」

その声に応じるように、馬車の中から姿を現したのはブリジット・メイデル――メイデル伯爵家の令嬢である。

燃えるように赤い髪。意志の強さが感じられる、つり目がちな翠玉(エメラルド)の瞳。

吹き出物のひとつもない滑らかな白い肌に、薄紅色の唇をした華やかな美貌の少女は、差し出された手を取った。

「滑らないよう気をつけてください」

「ありがとう、ロゼ」

義弟の気遣いに微笑みを返したブリジットは、馬車の外に出るなりぶるりと肩を震わせた。

「わっ……本当に寒いわね。今年いちばんの冷え込みかも」

冬制服の上に外套を羽織り、ポケットの中には炎の魔石も仕込んでいるのだが、寒風が耳元を掠めるだけで縮こまってしまう。

「大丈夫ですか義姉上。お風邪を召してはいけませんし、屋敷で安静にしていたほうがいいのでは」

心配性なロゼに、ブリジットは慌てて首と両手を横に振る。

「大袈裟よロゼ。寒さを理由に休むわけにはいかないし。……特に今日はね」

『ぴっひひぃ……』

ブリジットの契約精霊であるぴーちゃんが、頭だけをブリジットの髪から出した。ひよこゆえか普段から震えているぴーちゃんだが、今日は一段と激しくお尻中心に震えている。

「寒いわね、ぴーちゃん。今日はお尻を隠しておいたほうがいいかもね」

『ぴーっぴ？』

そんなひとりと一羽のやり取りを、ロゼは灰色の目を細めて微笑ましげに見つめている。薄いピンク色の髪を揺らして、彼は首を傾げた。

「義姉上、冷えるのでしたら腕を組みましょうか。おれ、体温が高いほうだとよく言われるので」

思いがけない提案に、ブリジットは顔を綻ばせた。

（ロゼったら、優しい子なんだから）

義姉と学院内で腕を組んでいる場面なんて見られたら、級友にからかわれてしまうだろうに……

そんな提案をしてくれるロゼに、ブリジットの胸はほんわりと温まる。

「ううん、大丈夫よ。それより、早く校舎に向かいま――」

「ブリジット」

「っ」

声を上げそうになるのを、ブリジットはどうにか堪えた。

慌てて視線を向けた先には、一目で名のある貴族のものと分かる、銀飾りのついた豪華な馬車が止まっている。馬車を降りるなりまっすぐ近づいてきたのは、思った通りの人物だ。

――ユーリ・オーレアリス。

さらりと揺れる青髪に、艶めく黄水晶の瞳。

整いすぎていっそ冷酷に感じるほどのすさまじい美貌の青年は、ブリジットとロゼを交互に見つめている。そんなユーリに向かって、ブリジットは淑やかに頭を下げた。

「ごきげんよう、ユーリ様」

「……おはよう」

挨拶もそこそこ、ユーリが不機嫌そうに視線を動かす。

「今朝もロゼと一緒か」

この言葉に、ブリジットは軽く肩を竦める。

「あら。わたくしとロゼは姉弟なのですから、一緒に登校しても別におかしくはないでしょう?」

「義姉上のおっしゃる通りです!」

吹き荒ぶ風よりよっぽど冷たい視線に晒されていても、すっかり慣れているブリジットと、豪胆なところのあるロゼは動じない。

だが、いつまでも停車場の前で言い争っているわけにはいかなかった。

(私はともかく、ユーリ様とロゼはとにかく目立つもの)

今も周囲の生徒から注目を浴びている。家柄・容姿・実力と三拍子揃っている二人なのだから当然ではあるが。

「ロゼ、早く行きましょう。ユーリ様も……」

二人を急かそうとしたところで、あら? とブリジットは首を傾げる。

「ユーリ様、マフラーは?」

見慣れた黄色いマフラーが――ブリジットの手編みしたそれが、ユーリの首に巻かれていない。

今朝は目覚めた瞬間から、底冷えするような感覚があった。侍女のシエンナが開けた窓から怖々と首を出したブリジットは、そんな自分の勘が正しいことを悟ったのだが、ユーリは同じように感じなかったのだろうか。

彼が失念したとしても、従者であるクリフォードなら一言添えそうなものだし、そもそも最近のユーリは冬晴れの日であっても必ずマフラーを愛用していた。そんなユーリが今日に限ってマフラーを忘れるなんて、とブリジットは不思議に思う。

それにキーラが言っていた。建国祭の日にプレゼントを渡すのは、『冬の間も、プレゼントを身にまとって一緒に過ごしてください』という意味があるのだと。

これから本格的な寒さを迎えるのだから、ユーリにはしっかりとブリジット手製のマフラーで温まってほしいのだが――。

（って、これじゃあ私……独占欲を発揮しているみたいじゃない！）

と気がついたブリジットは、思わず頬を真っ赤にする。

たった一日、ユーリがマフラーを着けていないだけで見咎めるなんて、どうかしているのではないか。別にブリジットとユーリは付き合っているわけでもないのに。

――そう、今のところ二人は正式に交際していない。

ブリジットはもう間違いなくユーリのことを憎からず想っている（と認めざるを得ない）し、どうやら彼のほうもそうらしいということは自惚れでなく察しているものの、明確な言葉を用いて告白されたわけではない。

（キスだって、まだだし……あのときは、ユーリ様は、し、したいみたいだったけど）

こんな曖昧な状態にある男女は、少なくとも交際しているとはいえないはずだ。

だからブリジットだって、ユーリとは適度な距離感を保ち、常識的な言動を心がけているつもりなのだが――。

(でもでもでも、悪いのはユーリ様なのよっ！)

周囲に見せつけるのだと豪語して自慢げにマフラーを巻くユーリに、どれほど悶々とさせられたことだろう。そのせいでブリジットは、彼がマフラーをしていないと違和感を覚えるまでに至ってしまったのだ。

そんなブリジットの内心の葛藤は、思いきり表情や仕草に出ていた。百面相を繰り広げるブリジットを、ロゼが心配そうに見つめている。

「義姉上？　やはりお加減が……？」

「っち、違うのよロゼ。なんでもないわ」

頭を振って、ブリジットはなんとか動揺を鎮めようとする。

そんな彼女の頭上から、どこか惚けたような声が降ってきた。

「……すまない。何か言ったか？」

(え？)

ブリジットはぱちくりと目をしばたたかせた。

視線を戻すと、ユーリが微かに眉尻を下げている。どうやらブリジットの質問を聞き逃してしまったようだ。

ユーリがぼうっとしているなんて、珍しいことがあるものだ。そんなふうに思いながら、ブリジットは首を横に振る。

「い、いいえ。大したことじゃありませんから」

わざわざ訊ね直されるようなことでもない。それに。

(ユーリ様の気分だって、あるだろうし)

着けろ着けろと殊更に騒いだら、ユーリにいやがられてしまうだろう。ブリジットだって、そんなつもりでマフラーを編んだわけではないのだ。彼の気の向くときに使ってくれれば、それでいい。

「それよりユーリ様。お疲れなのでは?」

「……そんなことはないが」

やはり、ユーリの反応は普段より格段に鈍い。この半年間、少なくない時間を共に過ごしてきたブリジットはそう感じる。

「でも、今日は冷えますし」

「冷たいのには慣れているから、平気だ」

ふん、とユーリが鼻を鳴らして背を向ける。

どこか頑なな態度に、ブリジットは小首を傾げた。やはり体調が悪いのではと思うが、あれでは取りつく島がない。


──『最後の勝負をしよう、ブリジット。もしも、僕が勝ったら──』


思い返すのは、先々週のことだった。

四阿に並んで座ったブリジットとユーリは、卒業試験の場を舞台に最後の勝負をしようと話した。

そのときユーリが告げた言葉の真意について、ブリジットはよく思いを巡らせている。

――『最後の勝負をしよう、ブリジット。もしも、僕が勝ったら――そのときは、僕の命令を聞いてくれ』

それを聞き、ブリジットはきょとんとしてしまったものだった。どうして改まって当たり前のことを言うんだろうと、不思議に思って。

(前回、今から伝える言葉を聞いてほしい、ってお願いした私も大概だけど)

今まで繰り広げられてきた二人の勝負には、絶対の条件がある。それは、敗者は勝者の命令をひとつ聞かなければならない、ということだ。

(でも、あのときのユーリ様は……本当は何か、別のことを言おうとしていた気がする)

そう感じたのは、ブリジットが瞬きもせず彼と見つめ合っていたからこそだ。

『僕が勝ったら――』とまで言ったところで、ユーリは薄い唇を震わせた。どこか苦しそうに眉根を寄せて、目を伏せると、小さく笑って……『そのときは、僕の命令を聞いてくれ』と冗談めかして続けたのだ。

あのときはすぐに気づかなかったけれど、ユーリは直前になって本音を隠したのではないか。

思えば以前にも、似たようなことがあった。夏の日の四阿で『僕は、お前が――――、』と言いかけたまま、ユーリが硬直したことがあったのだ。

いつも、ここぞというところでユーリの気持ちに届かない気がする。建国祭の夜、可愛い、と甘やかに繰り返して、ブリジットの頬に唇を落としてみせたユーリだけれど、肝心なところはまだブリジットに見せずに、煮え切らないでいるような。

まるで水のようだ、と思う。手に入れたと思っても、するりと手の中からこぼれ落ちていく。ユーリのことを知りたいのに、手を伸ばせば逃げていくのだ。

(まぁ、とにかく――私が勝てば、はっきりする話ってことだわ)

と、ブリジットは火照った頭を切り替える。

そう、負ける気はさらさらない。ユーリが何を言いかけたのかはともかく、勝負が始まる前から勝つつもりでいるなんて、ブリジットのことを舐めすぎではないだろうか。

それに最後と銘打たれた勝負なのだ。ブリジットとしては四、五回目の勝負に続いて、勝利を決めたい。そうして有終の美を飾るつもりである。

最後、という言葉に伴う痛みには気づかない振りをして、決意を固める。

(そうよ。私は勝つ。そのためには……今日の午後に向けて、気を引き締めないと!)

というのも卒業試験を再来週に控えた今日、ようやく詳しい試験内容が公表されるのだ。学院を休むわけにいかない最大の理由がそれである。

ブリジットが闘志の炎を燃やしていると、横のロゼが首を捻る。

「さっきのオーレアリス先輩、なんだか様子がおかしかったですね」

「ロゼもそう思うの?」

「はい。いつもはもっと憎まれ口を叩(たた)いてくるので……」

着眼点こそ違うものの、ロゼも何か感じるものがあったようだ。

顔を見合わせるが、答えが出ることはなく。ブリジットは疑問を振り切るように、努めて明るく声をかけた。

「そろそろ行きましょうか、ロゼ」

「はい、義姉上」

二人の姉弟は、連れ立って歩き出した。


その日の昼休憩のあと、ブリジットはクラスメイトと共に講堂へと向かっていた。

「い、いよいよですね！」

両手を組んで、強張(こわば)った表情のキーラが言う。建国祭のあとはクラス中が卒業試験の話題で持ちきりだったので、キーラだけでなく誰(だれ)もが浮き足立っているのが見て取れる。

やれやれ、とわざとらしくニバルは肩を竦めている。

「キーラ、もう緊張してんのか？　さすがに早すぎだろ」

「級長だってビビり散らかしてるじゃないですか」

「散らかしてはねえ！　ビビってるだけだ！」

「ブリジット様はどうですか？」

話を振られたブリジットは、細い顎に悩ましげに手を当てる。

「そうね。もちろん緊張してるし……とにかく試験内容が気になるわね」

そうですよね、とニバルとキーラが頷(うなず)く。

「卒業生やその保護者、先生方に聞いてみてもほとんど情報が得られませんでしたしね」

「俺(おれ)も片方の姉が卒業生なんですが、何を聞いても『せいぜいがんばりなさい』とか言われるだけでした。どうやら箝口令(かんこうれい)が敷かれているらしいっすね」

三人とも、同じタイミングで溜め息を吐く。

主に式典の際に使用される広々とした講堂に到着すると、客席側は早くも多くの生徒で賑(にぎ)わっていた。集められているのは二年生の第一クラスから第五クラスに属する生徒である。

明確に決められているわけではないが、入学時からなんとなく、入り口から見て左側が第一クラス、その隣に第二クラス……というふうに生徒たちは集まって着席している。

第二クラスのブリジットたちは、程よく空いたスペースに向かおうとしたのだが。

（あっ！）

その途中でブリジットは立ち止まった。革張りのひとり掛け椅子(いす)が整然と並ぶ後列に、第一クラス所属のユーリが座っていたのだ。

それ自体はなんらおかしなことではないが、ユーリの右側の席は空いている。ついでに言うと左側も一席空いているが、周りから敬遠されがちなユーリのことなので、それもまぁ通常通りと言えよう。

大事なのは――理由はともあれ、ユーリの隣席が空いているということだ。

「……あっ、真ん中あたりの席にリサちゃんが座ってます。わたしはあっちに行きますね、ブリジット様！」

「え、ええ。分かったわ」

やたら大きな声で言うキーラに、ブリジットは頷いた。

「ほら、級長も一緒に行きますよ」

「お、おお？」

キーラにぐいぐいと腕を引っ張られて、目を丸くしたニバルがついていく。そんな二人や他のクラスメイトを見送ったブリジットは、こほんと咳払いをする。

「それじゃあわたくしは、後ろのほうに座ろうかしら。今日はなんとなく、本当になんとなーく、だけど」

言い訳くさい独り言を念入りに漏らしつつ、ブリジットは後ろからユーリに近づいていく。

そんな彼女の足音は毛足の長い絨毯にほとんど吸い込まれていたはずだが、勘の鋭いユーリはくるりと振り返った。

「空いてるぞ、隣」

「……そ、それは見れば分かりますが」

もごもごしつつ、頬を赤くしたブリジットは通路を通ってユーリの右隣に座る。

そこでふと、我に返った。

（って、私。今朝からユーリ様とは気まずいのに、何やってるの）

隣のクラスのユーリとは、普段の講義などで顔を合わせる機会がほとんどない。そのせいでついつい嬉しくなって、不用意に近づいてしまったが……。

上半身を強張らせたブリジットは、目だけを動かして注意深く隣を窺ってみる。ユーリは特に気まずさも嬉しさも感じていないようで、眠そうに欠伸を噛み殺していた。

（やっぱり、お疲れなのかしら？）

寝かせてあげたい気もするが、これから行われるのは卒業試験に関しての説明だ。ユーリがいくら頭脳明晰な生徒といえども、聞き逃すのはハンデが過ぎる。

むしろここは積極的に話しかけて眠気を遠ざけてもらおう、とブリジットは心を鬼にする。

「この講堂も広いですから、かなり冷えますわね。壁や床面に炎の魔石は仕込まれているようですが……」

「そうだな」

世間話に頷くユーリの目元が、妙に暗く見える。照明に照らされた目の下にうっすらと隈ができているのに気がつき、ブリジットは心配そうに眉宇を寄せた。

「ユーリ様、やっぱり――」

体調が悪いんじゃ、とブリジットが言いかけたとき、階段を上る足音が響いた。

その音に、ブリジットは口を噤む。注目の中、壇上に進み出たのは初老の上品な女性――精霊学担当であるマジョリーだ。他の教員たちも脇に控えている。

「はいはい生徒の皆さん、静粛に――って、もう静まり返っているわね。これなら妖精の足音を聞き漏らすこともなさそうだわ～」

彼女は講堂を見回して微笑む。声を張っているわけでもないのに、その声は講堂の隅々まで響き渡った。彼女が契約しているのは土の下級精霊コロポックルなので、おそらく他の教員の契約精霊が魔法で声量を増強させているのだろう。

いつも通りおっとりとした調子のマジョリーだが、生徒たちの間にはぴりりとした緊張感が漂っている。それを察しているマジョリーは前口上もそこそこに切りだした。

「それではお待ちかね。今日は、卒業試験の内容を発表します」

ごくり、とブリジットは唾を呑み込む。一言一句を聞き逃すことのないよう、マジョリーの唇の動きに意識を集中させる。

百人以上の人間の注目を浴びながら、彼女はこう告げた。

「試験の内容は至ってシンプルです。皆さんには――悪妖精の待つ人間界と精霊界の狭間に向かってもらいます」

一瞬、講堂内を痛いほどの静寂が満たす。

しかし数秒も経てば、ざわめきが広がっていき……あちこちから悲鳴まで上がる。

「狭間って、あの？」

「冗談だろ……」

「いくら卒業試験だからって……」

動揺を露わにする生徒たちを笑顔で見回しながら、マジョリーがのんびりと続ける。

「安全性に配慮して、狭間には野良の悪妖精ではなく、契約者を持つ悪妖精のみを放ちます。どんな手段を使っても構わないので、そこから生還すること――それが、卒業試験の内容よ～」

（予想以上に厳しいわ……！）

ブリジットは声もなく、明かされた試験内容に大きな衝撃を受けていた。

悪妖精とは、人に対して大きな悪意を持つ妖精たちの総称だ。もちろん善妖精（シーリーコート）も悪さをするのだが、悪妖精と呼ばれる多くの種は人を騙（だま）すことや傷つけることに固執する。

（人間界で、悪妖精と相対するならまだしも……）

どんな精霊であっても、人間界では力の半分も発揮できないとされる。しかし二つの世界の狭間であれば、精霊たちの力はいやが上にも増すのだ。

そして試験の舞台となる狭間の世界は、人間界と精霊界の間にいくつも存在すると言われる断層のようなものである。

たとえば、透き通る川の水底。壊れた雨樋（あまどい）の滑り台。割れた石畳の下。覗（のぞ）き込んだ硝子（ガラス）玉。廃屋の屋根裏部屋など――未知が潜む場所には、別の世界に続く目には見えない扉がある。

その扉の先こそが、狭間と呼ばれる場所。人間界と神秘なる精霊界の中間点である。

狭間に迷い込んでしまうだけなら、まだ戻ってこられる可能性はある。しかし迷った末に精霊界に一歩でも入ってしまったなら、人の身では二度と戻ってこられないとされている……。

そこでブリジットは素早く挙手をした。後列からすらりと伸びた手に、マジョリーの目が留まる。

「マジョリー先生、いくつか質問を――」

「ごめんなさいね、ブリジットさん。質問は一切受けつけられないの」

が、ぴしゃりと撥ねつけられた。

「ただ、今回の試験は相応の危険があるわ。脅すわけじゃないけど、包み隠さずお伝えするわね。過去にも、似た内容の試験を実施して……今までに合計して三名の生徒が行方不明になり、そのほか重軽傷者のうち十一名の生徒に後遺症が残ったわ。特にひどかったのは――精神的な傷」

ひっ、と誰かが短い悲鳴を上げる。

ざわめきが広がっていく。ブリジットも膝上の拳をわずかに震わせたが、その視線を壇上のマジョリーから逸らすことはなかった。

「危険を回避するのも精霊使いの知恵だから、無理に参加しろとは言いません。そこで生徒の皆さんには、事前にひとりずつ参加の意思を確認させてもらいます」

言葉の意味を図るように、生徒たちが再び静かになっていく。

「このあと教室に戻ったら、コロポックルたちが皆さんに【魔法の誓約書】をお配りします」

「【魔法の誓約書】……」

ここでその名前を聞くとは思わず、ブリジットはたじろいだ。

【魔法の誓約書】――見た目はごくふつうの紙にしか見えないのだが、その能力は極めて特殊で強力なものだ。

古い樹皮を丁寧に剝がして作った紙には、樹木の精霊ドライアドが宿ることがあるという。住まいに選んだ樹木と運命を共にするドライアドは、紙に記された誓約の内容を提出者が守るかどうか、見届ける役割を果たすのだ。

（もしも誓約が破られたときは、ドライアドの呪いが降りかかるっていうわよね）

呪いの内容は多岐に亘るという。木の根に躓く、大量の葉っぱが頭上に落ちてくる……くらいであれば可愛いものだが、唐突に大木が自分めがけて倒れてきた、帰ったら木造の自宅が丸ごと腐っていた、なんて話も聞く。

そのため、たとえば国王と大司教の間で結ばれる公的な契約、上級貴族が使用人や騎士との間に交わす密約など、それが重要な契約であればあるほど【魔法の誓約書】の使用が必要不可欠とされるのだ。

（そっか。箝口令が完璧なまでに機能しているのは、【魔法の誓約書】を使っているから……）

「……そういうことか」

ユーリが小さく呟いた。

思わず、ブリジットはそちらを見やる。意味を問う仕草だと受け取ったのか、ユーリが上半身をブリジット側に傾けてきた。

ひそひそ、と彼が小声で囁くには。

「クリフォードは昨年、オトレイアナを卒業したからな。卒業試験の内容についても、何度か訊ねてみたんだが要領を得なくて――」

（近い！）

しかしブリジットとしては、その内容に集中するどころではない。

「おそらく誓約書に、『試験の内容を他人に漏らさないこと』といった記述があるんだろう。だから卒業試験を受け終わって以降も、ドライアドの呪いを恐れて誰にも詳しくは打ち明けられないと……」

（み、耳にっ！　ユーリ様の息が！）

ユーリは別に、ブリジットの耳に息を吹きかけて悪戯している――なんてつもりはないのだろう。ただ周囲の邪魔にならないよう、耳元で喋っているだけなのだ。

「……っ」

わざとじゃないことは分かっている。分かっているからこそ、ブリジットの華奢な肩は緊張に張り詰め、唇はぎゅっと強く引き結ばれる。

「ブリジット？　どうした、寒いのか。耳が赤いが」

長い髪の間から出ている白く小さな耳が、ほんのりと上気している。その様子を、寒さゆえに火照ったものだとユーリは誤解したらしい。

指摘を受けたブリジットは、耳以上に真っ赤な顔を見られないよう、ぷいっと顔を背けた。

「ち、違い……ますっ。ただ、その、ドキドキして――というのはもちろんっ、卒業試験に！　ですが！」

小声で繰り出されるのは下手な言い訳だった。しかしユーリは疑問も持たず納得したようで、「そうか」と相槌を打って姿勢を戻す。物理的な距離がわずかにでも離れれば、ようやくブリジットは肩の力を抜くことができた。

それにしても、と気を取り直して彼女は考える。赤いままの耳を、ふにふにと触りながら。

【魔法の誓約書】一枚の値段は、平民の給与半年分とされる。ドライアドを宿らせることができるほど腕がいい職人が限られているため、値が上がるのは致し方ないのだが……。

（一試験にそんなものを持ちだしてきたのは、生徒の選択に覚悟を伴わせるためね）

守秘義務のための仕掛けというより、生半可な気持ちで参加を選ばせないために用意された小道具だろう。

「卒業試験に参加するか、参加しないかの答えは、来週末までに各自【魔法の誓約書】に記入してちょうだい。基本的に紛失には対応しないので、そのつもりでね。……あ、これは念のための注意だけど、他の生徒の誓約書を破る、盗む——みたいな妨害行為は以ての外よ。ドライアドに呪われたくなければ、ね？」

生徒たちがすっかり畏縮しているからか、マジョリーはふふふと笑う。

「そんなに縮こまることはないわ。不参加を選んだ生徒には、不合格者と一緒に難易度を下げた再試験を今年中に実施します。そちらに合格すれば問題なく卒業資格が得られるから」

それならば、無理をして試験に挑む必要はない。そう安易に受け取る者は、その場にひとりとしていない。

マジョリーはそこで、ただし、と付け加える。

「卒業試験合格者に与えられるバッジは、再試験合格者には与えられないので、そのつもりでね」

ブリジットはそこで、自分を含む多くの生徒が一段と気を引き締めたのを感じた。

オトレイアナ魔法学院の卒業試験は、言わずと知れた超難関試験。これに合格した者だけに配付されるバッジには、オトレイアナに入学した生徒であれば誰もが憧れを抱いている。

ブリジットも幼い頃、父デアーグの胸元で光る銀色のバッジを目にしたことがあった。丸いバッジの内側には、羽ばたく妖精をイメージしたオトレイアナの校章が精緻に刻まれており、その静謐な美しさにブリジットも圧倒されたものだった。

そのバッジは、精霊使いとしての類い稀なる実力を証明する。社交界や貴族の集まりに身につけていけば、誰よりも強く注目を集め、ときに尊崇の目を向けられるだろう。

老獪で厄介な貴族に侮られないために。より条件のいい結婚相手を得るために。自身の名だけでさらなる高みを目指すために――これほどに権威を発揮するアイテムは、他にない。

そして、社交界への興味が薄いブリジットにとってはそれだけではない。聞くところによると、国内にはバッジを持つ者しか入ることを許されない、秘密の施設やサロンがあり……その中には、精霊に関する重要な施設もあるのだとか。

あくまで噂の領域ではあるが、あながち間違いではなさそうだとブリジットは思っていた。

(精霊博士を目指す上で、持っていて損ということはないアイテムだわ)

恐怖と欲望とで頭の中を混雑させた生徒たちに向けて、マジョリーが絶妙なタイミングでぱんっと手を叩く。

「それじゃあ、今日は解散〜」

その日の放課後である。

ブリジット、ユーリ、ニバル、キーラの四人は、テーブル越しに顔を突き合わせていた。

場所はブリジットの住まう別邸、その応接間だ。ほどよく燃える暖炉の火によって部屋は快適な温度に保たれていた。

学院の食堂にあるプチサロンや、いつものように四阿を利用するという手もあったのだが……サロンはほとんど埋まっていたし、この季節に話し込むには四阿は不向きである。そこでブリジットが率先して場を提供したのだった。

(私もみんなと、落ち着いて話がしたかったから)

張り詰めた緊張感が伝わっているようで、シエンナはお茶の用意をするなり辞してしまい、本邸に住むロゼも気を遣ってか訪ねてこない。一年生である彼も卒業試験の重要性は理解している。自分がいてはブリジットたちが気兼ねなく話せないと遠慮したのかもしれない。

のんびりしているのは、絨毯の上を歩き回るぴーちゃんくらいである。そんな中、口火を切ったのはブリジットだった。

「最近、悪妖精に関連する座学が多かったり、筆記試験でもよく出題されるとは思っていたけど……卒業試験のことを見越して、だったのね」

顎に細い手を当てて呟くブリジットに、斜め向かいの席のニバルが身を乗り出して激しく頷く。

「それにしたって、こんな形で悪妖精が関わってくるとは思いませんでした。悪妖精と契約している知り合いとか、ひとりもいませんし」

「そうよね。わたくしも同じだわ」

「わたしもです……悪妖精と遭遇した経験も、魔石獲りのときのレーシーくらいですし。学院はいろいろ伝手とかあるでしょうから、それで契約者に協力を取りつけたんでしょうか？」

言わずと知れたことだが、フィーリド王国にも悪妖精との契約者は少なからず存在している。

悪妖精とは、人間に明確な悪意を持つ精霊の総称で、それゆえに危険な能力を持つ種も多い。そのため、多くの人は悪妖精に恐怖や嫌悪感を抱いているのだが……人と契約した精霊であれば、大抵の場合は契約者の言いつけを守るはずだ。

契約の儀は各地の神殿でしか行われないため、個人の契約精霊は必ず神殿に登録されている。学院は神殿を通して、悪妖精の契約者たちに試験への協力を要請したのだろう。

学院の卒業者に絞って協力を呼びかけたのではと予想する声も上がっていたが、詳しく知る方法はない。というのも悪妖精の契約者は、親族以外には契約精霊の正体を隠したり、偽ったりするケースが多いからだ。

（名無しと呼ばれる微精霊ほどじゃないけど、彼らもまた、周囲から差別されてきた歴史がある）

中央神殿の神官長リアムが口にしていたように、微精霊の契約者は馬鹿にされても当たり前だという風潮がこの国にはある。悪妖精もそれに近い扱いを受けているのだ。人を騙して怖がらせる精霊など、等しく悪だと。

実際に悪妖精によって子どもが攫われたり、家畜が喰われたりという被害も発生しているため、致し方ない側面もあるのかもしれない。

「よく分かんないけど、なんか大変そうだな」

「あら、カーシン。ありがとう」

ひょっこりと応接間に姿を見せたのは、別邸の厨房係兼パティシエを務めるカーシンだった。赤毛の活発そうな少年は、夕食には早い時間だからとスイーツを用意してくれていた。

「今日はタルトタタンだ。自信作だぜ」

「わぁ、素敵。林檎の甘い香りがしますね」

つい先ほどまで泣き出しそうだったキーラが、ころっと明るい顔をしている。どうやらおいしそうなタルトタタンを前にして元気を取り戻したようだ。

「じゃあ、ちょっと誓約書をどかしておきましょうか」

他の三人に呼びかけながら、ブリジットはテーブルの上に広げていた【魔法の誓約書】を手に取ろうとする。

すると、その瞬間だった。

『お前ら、かわいそうになぁ』

「……うん?」

急にしゃがれた老人の声が室内に響いたものだから、配膳中だったカーシンが目を丸くする。

『狭間に行ったりしたら、もう、こうやっておいしいものも食べられないんだもんなぁ。そんなに若い身空で。ああ、かわいそうになぁ……』

「ちょ、ちょっとっ。やめてちょうだい――ひゃっ!?」

慌てて誓約書を畳もうとしたブリジットは悲鳴を上げる。

指先が何かの液体によって濡れていた。というのも紙の皺によって浮かび上がった老人の顔が、目から大粒の涙をこぼしているからだ。

「なんだこの紙。インクが擦れて、顔みたいなのが見える……すげぇ不気味だな」

カーシンは引きながらも配膳を続けようとするのだが、ブリジットの誓約書をきっかけにか、しばらく静かにしていた他の誓約書たちも火がついたように騒ぎ出す。

『やめなさいよ、危ない真似はしちゃだめよ。命を粗末にするの、反対!』

キーラの誓約書からは、妙齢の女性の声が。

『お前、才能ないぜ。たぶん助からんぜ。死にたくなけりゃ、ケケッ、やめときな』

ニバルの誓約書からは、中高年の男性の声が。

『狭間で死んじゃうなんて、かわいそう……どうせ無理だって最初から分かってたのにね……』

ユーリの誓約書からは、涙ぐむ少年の声が。

それぞれの誓約書から『かわいそう』『助からない』『さようなら』と陰湿に合唱されては、堪ったものではない。

「じゃ、じゃあ、俺様はこれで」

巻き込まれては面倒そうだと察したのか、手早く配膳を終えたカーシンがそそくさと逃げていく。

頭を抱えたブリジットはげんなりとした顔で唸った。

「ド、ドライアド、うるさすぎるっ……！」

――そう。【魔法の誓約書】に住むドライアドたちは、とにかくうるさかった。

紙と一心同体の彼らは、当然のように生徒たちに話しかけてくるのだ。その内容というのも、試験の失敗を前提とした嘆きや哀れみが中心なので、聞いていてまったく愉快ではない。

巻物のようにくるくると巻いたり、折り畳んだりしておけば喋り出すことはないのだが――それでは内容が確認できないし、参加するか否かのサインもできないのだから困りものだ。

ブリジットたちが教室に留まれなかった原因のひとつがこれだった。教室内はドライアドの声で阿鼻叫喚（あびきょうかん）になっており、とても冷静に話ができる環境ではなかったのだ。

「もう試験は始まっている……ということだろうな」

そこでようやく、それまで黙っていたユーリが言葉を発した。

ブリジットはどこか安堵（あんど）して、真向かいの彼に相槌を打つ。

「これでは心理的に追い詰められて、つい参加辞退を決めてしまう生徒もきっと出ますわよね」

「本当に、タルトタタンより甘美な誘惑ですよね……」

もぐもぐと幸せそうに咀嚼（そしゃく）しながら、キーラも言う。

「あの、級長。いらないなら級長の分ももらっていいですか？」

「とか言いながら、もう食べてるじゃねぇか」

「おいしいので、つい」

相変わらず仲のいい二人にくすりと笑ったブリジットは、自分の分の皿を手に取りつつ、ユーリに向かって首を傾げる。

「ユーリ様、お召し上がりになりませんか？」

キーラも食べるのが好きだが、甘いものに関してはユーリのほうがこだわりが強い。食後は必ずケーキやプリンを食べているし、カーシンのパティシエとしての腕も評価している。今日もいちばんに手を伸ばすと思っていたのだが、今のところその様子はなかった。

ユーリはブリジットの握るフォークと皿の上をちらりと見るが、組んだ腕を崩そうとはしない。

「僕はいい」

「……タルトタタン、お好きではないとか？」

「そういうわけじゃないが」

やっぱり体調が悪いのだろうか、とブリジットは心配に思う。しかしこの場には来てくれたのだからと、それ以上は聞かないことにした。

甘酸っぱい菓子を食べ終えたブリジットは、手に持った誓約書に向かって声をかける。

「ねぇ、ドライアドたち。死ぬ死ぬって脅してくるけど、あなたたちは卒業試験の内容について詳しく知ってるの？」

先ほどまでの騒がしさが嘘のように、しぃん、と沈黙するドライアドたち。その分かりやすい反応に、ブリジットは溜め息を吐いた。

（きっと、適当に脅しをかけているだけなのね……）

教員たちが試験内容についてドライアドたちに共有しているとは考えにくい。退屈を持て余した彼らは、生徒たちを翻弄して楽しんでいるだけなのだろう。

「ウンディーネ」

ふいにユーリが自身の精霊の名を呼ぶ。

『どうしたの、マスター？』

空間が歪み、そこから水の身体を持つ妖艶な美女が姿を現した。腕組みをしたユーリは、彼女を見上げて問いを放つ。

「確認だ。お前やブルー、それに他の精霊たちは、狭間から人間界に至る道を見つけることができるか？」

『それはもちろん。精霊によって、得意不得意はあるだろうけど――道を見つけること自体は、難しいことじゃないわ。ワタシもたまーに妖精の鱗粉（りんぷん）を吸って、狭間に落ちちゃうし』

クスクスと楽しげに笑いながら答えるウンディーネ。

契約者を持つ精霊の場合、狭間を省略し、精霊界と人間界を両方向に直接渡ることができると教科書にも書いてある。ユーリが呼びかけた直後にウンディーネが姿を見せることができるのも、その仕組みによるものだ。

そんな彼女たちでも、なんらかのアクシデントで狭間に落ちてしまうことがあるらしい。ブリジットとしてはもう少し話を聞きたいところだったが、そこでニバルが首を捻る。

「それなら卒業試験って、案外簡単なのか……？」

狭間に飛ばされても、契約精霊さえいれば簡単に帰還できるのではないか。

そんな甘い期待をユーリが一蹴する。

「オトレイアナの卒業試験が、そう生ぬるいはずがない。契約精霊の案内に従う暇もなく、悪妖精が攻撃してくるか……あるいは試験中、なんらかの方法で契約精霊と分断されるのかもしれない」

「まぁ、そりゃそうだよな。そんなに楽な試験のはずがないか」

ぼやくニバルの傍ら、ウンディーネが精霊界へと姿を消す。

気になったブリジットは、てちてちとそこら中を歩き回っているぴーちゃんに声をかけてみた。

「ぴーちゃんも、狭間から人間界への道は見つけられる？」

『ぴ？』

「なんのこと？」と言いたげに、ぴーちゃんが首を傾げる。一方向に傾きすぎてバランスを崩したのか、そのままころりと床に転がった。

『ぴぴーっ』

（うーん、よく分かってなさそう……）

じたばたするのに疲れたのか、両目を閉じて寝始めるぴーちゃん。その様子を見るに、あまり過度な期待はしないほうが良さそうだ。

（どちらにせよ、危険なのは百も承知よ――私の選択は変わらないわ）

意識して深く呼吸したブリジットは、誓約書を手から離す。床に落ちるでもなく宙に浮いた誓約書は、小さな輝きをまとわせていた。

ユーリもまた、同じように動いている。ブリジットとユーリ——二人の行動を察したキーラが、息を呑んだ。

「お二人とも、もしかして……」

「最初から、悩む理由はないからな」

「ええ。わたくしも、ですわ」

二人はほぼ同時に、指先に魔力の光を灯していた。

ユーリは青色、ブリジットは赤色。それぞれの魔法系統を象徴する光である。

誓約書に宿るドライアドたちもまた、二人の選択を察したのだろう。慌てたように口を開き、大袈裟に嘆いてみせる。

『だめだよ、やめようよ……怖いことはやらないほうがいいよ……』

『そうだぁ、命を粗末にしちゃだめだぁ。まだまだ若いんだからなぁ……』

だがブリジットは、その誘惑に笑って答えてみせた。

「誰に何を言われようと、揺らがないわ。わたくしは卒業試験に参加する。そして必ず、合格してみせるんだから！」

困難な道であるのは、初めから分かっている。だが挑戦もせず諦めるなんて、ブリジットには考えられない。

（ユーリ様との最後の勝負。そして精霊博士を目指す私にとっての、最良の試験）

目線の高さまで浮かび上がってきた誓約書を、ブリジットは強い気持ちで見据える。

（まだ、細かな魔力操作は苦手だけど……！）

ブリジットは指先に意識を集中する。

そうして、やや歪な文字ではあるが、ブリジット・メイデル――自身の名前と卒業試験に参加する旨が、燃えるような赤色で誓約書に刻まれた。

一際強く、誓約書が輝く。【魔法の誓約書】はそのまま空間に溶けていくように薄らいでいく。

その神秘的な光景を無言で見守るブリジットの耳に、老人の声が届いた。

『……そうかぁ。それが答えだってんなら、がんばれよぉ――』

その言葉を最後に、誓約書は消えていった。

今頃は、マジョリーたちのもとに届いているのだろう。ブリジットの答えは受理されたのだ。

（……ありがとう、ドライアド）

ブリジットは心の中で、そっと呟く。

ドライアドたちは怯える人間をからかって遊んでいるだけだと思ったが……狭間の危険性を知る彼らは年若い学生たちを案じて、あんなふうに言葉をかけてくれたのかもしれなかった。

そんなことを考えていると、ユーリが椅子から立ち上がる。

「誓約書の提出も終えたことだし、僕は先に帰る」

ブリジットは少し残念だったが、ユーリらしいという気もした。みんなで額を合わせて試験対策の話をするユーリは、わりと想像が難しい。

手荷物をまとめるユーリに目をやったニバルが、そこで首を捻る。

「なぁユーリ、ずっと気になってたんだが……ブリジット嬢手編みのマフラーはどうしたんだ？」

（あっ）

ブリジットは思わず声を上げそうになる。

ニバルも気づいていたのだ。というのも当たり前だろう。着けていないと変に思うくらい、最近のユーリは日常的にマフラーを装着していたのだ。

その横でキーラが「言っちゃった」という顔をしている。ユーリはといえば中腰のまま動きを止めていた。

「いっつも見せつけてくるくせによ、今日は――」

「お前には関係ない」

それはブリジットたちも驚くくらい、冷たい声音だった。

それ以上の問答を嫌うように踵を返すユーリ。それを見送るニバルは怒っているというより、困惑した様子だった。

「なんなんだよ、ユーリのやつ」

室内に気まずい沈黙が落ちる。

なんとなくこのままユーリを帰してはいけない気がして、ブリジットは立ち上がった。

「ごめんなさい。ちょっと行ってくるわね」

そう言い残して応接間を出る。

廊下を小走りに駆けていくと、コートを着たユーリはちょうど玄関ホールから出て行こうとしているところだった。

「ユーリ様！」

呼び止めたものの、どう続ければいいか分からない。

言い淀むブリジットを振り返ったユーリが、ぽつりと小さな声で言う。

「なくしたんだ」

「……え？」

最初、ブリジットにはその言葉の意味が分からなかった。

当惑して見返すと、ユーリは深く俯いて続ける。

「マフラー、なくしたんだ。……今朝、誤魔化してごめん」

しばらく呆然としていたブリジットは、やがてゆっくりと首を横に振った。

「そんなの、謝るようなことではありませんわよ」

ぱっ、とユーリが弾かれたように顔を上げる。その目には、自身の不甲斐なさを責めるような色がありありと浮かんでいる。

「謝るようなことだ。君からのプレゼントを、紛失するなんて」

（そりゃあ、編むのは大変だったけど……）

シエンナもびっくりするくらい手先が不器用なブリジットである。ユーリにプレゼントしたマフラーは、紆余曲折の果てにどうにか完成したものだ。

「でも大丈夫だ。必ず見つけるから」

「見つける……って」

思い詰めたような表情で発された言葉に、ブリジットは目をしばたたかせた。

まさかユーリは試験対策もせず、マフラーを捜すつもりなのだろうか。

ブリジットはとたんに不安な気持ちになった。学院一の才子であるユーリだが、今回の試験は舐めてかかっていいものではないのだ。

「そんなことをしている場合じゃありませんわ、ユーリ様。卒業試験は再来週に迫っておりますのよ？　どんな悪妖精が現れるかも分からないのですから、残された時間は有効に使わなければ」

「それは……そうだが」

ユーリの返事ははっきりしない。困った末に、ブリジットは手を叩いて提案した。

「それでしたら――わたくし、もう一度マフラーを編みますわ。卒業試験が終わったあとから編み直すとなると……お渡しするのは、来年になってしまうかもしれませんが」

（そうよ、名案だわ。私も経験を積んだことで、前より編むのが上手になってるかもしれないし！）

より質のいいマフラーをユーリに使ってもらえる機会と捉えれば、悪くない。過度な自信によって、ブリジットの翠色の目はにわかに輝きを増す。

しかしユーリは、そんな提案に微笑んではくれなかった。

「……僕は」

緩く首を振ったユーリは、にこりともせず言う。

「分かった。ありがとう」

そう言い残して、彼は別邸を出て行ってしまった。その場に立ち尽くしたブリジットは、眉根を寄せる。

「ユーリ様、今も何か言いかけてた……？」

だがあの様子では、追いかけて問うたとして答えてくれないだろう。諦めて応接間に戻ることにしたブリジットは、ふと考えを巡らせる。

ユーリは、しっかりした人だと思う。実力があるゆえに大胆な一面もあるが、基本的には慎重で抜け目がない。所持品や図書館で借りた本についても、丁寧に扱う人だ。

そんなユーリが、簡単にマフラーをなくすだろうか――？

（しかも、あんなに大事にしてくれていたのに）

よくよく考えるとおかしなことばかりだ。ユーリの様子からして、普段立ち寄っている場所は何度も捜していそうだ。従者のクリフォードや、他の使用人だって手伝っているだろう。それでも見つからないとなると……。

「あっ、ブリジット様。おかえりなさい」

「お帰りをお待ちしてました、ブリジット嬢！」

考えているうちに、応接間に戻ってきていた。考え事はいったん中断し、ブリジットはにっこりと笑みを浮かべる。

「お待たせ、キーラさん。ニバル級長」

二人とも、ユーリのことやマフラーのことを聞いてこない。本当は気になっているだろうに、ブリジットの心情を慮ってくれている。

（私も、目の前の試験に集中しないと）

ユーリに説教しておいて、自分も心を乱されていては世話がない。椅子に座り直したブリジットは、交互にキーラとニバルを見つめる。

「二人とも、【魔法の誓約書】は？」

「ええと、まだ……」

キーラが焦りのにじむ表情で言う。その手には丸めた誓約書が握られている。級友たちは、試験に参加するかしないかで今も悩んでいるのだ。

（それなら……）

なかなか機会がなく、二人に話し損ねていたことがあった。ブリジットは今、その話を明かすことにする。

「実はわたくしね、つい先月……悪妖精のアルプと一悶着あったのよ」

「ええっ」

「だ、大丈夫だったんですか？」

キーラとニバルは驚きながらも、ブリジットを案じてくれた。

「ええ、この通り平気よ。そのときのことで良かったらお話しするわ。試験の参考になるかは分からないけど……」

「いえ。正直ありがたいです、ブリジット嬢！」

「わたしも、ぜひお伺いしたいです！」

母――アーシャに関わる詳細は伏せて、アルプとの一件についてブリジットは細かく話した。

二人ともほとんど相槌も挟まず、真剣に話を聞いていた。アルプとの決着まで話し終えると、椅子にもたれかかったキーラが深く息を吐く。

「精気を吸い取られる、ですか。想像するだけで恐ろしいですね……しかも人間界では、アルプの力はそんなに強く発揮できなかったはずなのに」

「もし家族や身近な人が同じ目に遭ってたらと思うと、ぞっとしますね。マジョリー先生の言ってた精神的な傷って意味が、身に染みるっつうか……」

その反応を見て、ブリジットは少しだけ後悔した。事実を淡々と話したつもりだったが、二人の試験に参加する意思を奪ってしまったかもしれないからだ。

しかし友人として、悪妖精など恐るるに足らないと豪語するのが正しいとも思えない。アルプは恐るべき能力を持った妖精で、ブリジットの母――アーシャは長年苦しめられてきたのだ。

試験に現れる悪妖精たちも、生徒たちを精神的に、肉体的に翻弄する手をいくらでも使ってくるはずである。

「あとは、寮に戻ってからゆっくり考えたほうがいいかもしれないわね。それに、大きな危険を伴う試験だもの……できれば、ご家族と相談したほうがいいと思うわ」

ブリジットはそう言い添えた。この場で急いで結論を出すべきではない。参加するか否かの判断は、来週末までに下せばいいのだ。

幸い、キーラもニバルも家族仲は良好である。家族の助言を得て、静かな寮部屋で腰を据えて考えたほうが、後悔のない決断ができるだろう。

だが、その言葉にキーラはふるふると首を横に振る。どうしたのかとブリジットが見つめれば、キーラは口を開いた。

「わたし、ずっとずっと弱虫でした。いやだって思うことを命じられても、逆らえなかったり……悪いことをしたのに、すぐに謝れなかったり。この学院に入る前も、入ってからも、ぜんぜんだめで」

膝の上で、ぎゅっ、と強く両手が握られている。その手はわずかに震えていたが、胸元まで手を引き寄せたキーラは笑っていた。

夜空を思わせる美しい瞳は、瞬きもせずブリジットを見ている。

「でも、ブリジット様とこうしてお友達になることができて……わたし、以前より自分のことがちょっとだけ好きになれたんです。わたしは頭がいいわけじゃないし、魔力だってぜんぜん強くないですけど……それでも今の自分を試してみたいって、逃げたくないって、そう思うんです」

「キーラさん……」

そのすぐ左横の空間が、ぐにゃりと歪む。そこから飛び出してきたのはキーラの契約精霊である土の下級精霊・ブラウニーだった。

『ピョ！　ピョロ！』

一般的に、精霊が主人の了解を得ずに人間界に出現することはほとんどない。長時間の召喚は契約者の魔力の消耗に繋がるからだ。

しかし今、ブラウニーはキーラの思いに応えたいと感じたのだろう。だから喚ばれたわけではないけれど、こうして自ら姿を見せたのだ。

「ブラウニー、わたしに力を貸してくれるの？」

『ピョローッ』

ブラウニーは万歳するように短い両手を挙げる。その場でぴょんぴょんと元気よく飛び跳ねる契約精霊に、キーラが楽しげに笑いかけた。

「うん、一緒にがんばろうね！」

「……俺も、決めました」

そんなキーラの隣で、ニバルも顔を上げていた。

「今、俺がここにこうしていられるのは、ブリジット嬢のおかげです。道を踏み外しかけたとき、あなたがいてくれたから、なんとか踏み止まることができたんです」

大袈裟だとブリジットは否定しようとしたが、その前にニバルがすっくと立ち上がる。

「ブリジット嬢。卒業試験の全貌は見えないままですから、俺がお役に立てる場面があるかは分かりませんが……いざとなったら、俺とエアリアルを使ってください」

「え？」

「あなたの力になりたいと伝えたこと、覚えてますか？　……今が、そのときかもしれないから」

ニバルはこの上なく真剣な表情をしている。

当初、ジョセフの従者候補として彼に近しかったニバルと、ブリジットの関係は最悪と言って良かった。

それが変化したのは、ニバルがエアリアルを暴走させる一件があってからだ。

（ニバル級長はいつだって、まっすぐな人なのよね）

あの出来事を境に、ニバルはブリジットの味方であり続けてくれた。そんな彼の態度がクラスメイトや他の生徒に与えた影響は、計り知れないものがあったはずだ。

ニバルの忠義とも取れる言葉に対し、茶化すのは誠実ではない。だが、ブリジットは頷くこともできなかった。

（ユーリ様が、私のことを守るって言ってくれたから）

あの言葉がどれほど胸を打ち、ブリジットを励ましてくれたのか。きっと、今もユーリは知らないままでいる。

（それで、私だってあの人を……ユーリ様を、守りたいのよ）

彼にはまだ打ち明けられていないけれど、それはブリジットの新たな夢でもあった。

弱いままの、守られるだけの自分ではいやだ。孤独を抱えるユーリの支えになりたい。ブリジットだけは、どんなときでもユーリの隣にいたいのだ。

だからニバルの言葉に、ブリジットは微笑んで答える。

「それなら級長はわたくしじゃなくて、キーラさんを助けてあげて」

「……え？　キーラですか？」

思いも寄らないことを言われた、というように首を傾げるニバル。

「……え？　どうして級長がわたしを？」

キーラもまた、まったく意味が分からないようでぽかんとしていた。

そんな二人の反応を前に、ブリジットは苦笑する。

（鈍感すぎて、先が思いやられるわね）

自分たちのことをすっかり棚に上げていることに、まったく無自覚なブリジットである。

『……そう、忠告は届かなかったわね。』

『お前らと知り合えて楽しかったのにな。来世で会いましょう、さようなら』

「ひいいっ、やっぱり怖いですううう！」

「だあっ、不吉なことばっか言うなよドライアド！」

『ピヨロー？』

ドライアドの心配とも脅しともつかぬ言葉の嵐は止まなかったが、そんな紆余曲折を経て――二人とも無事に【魔法の誓約書】にサインをする。

こうしてブリジットたち四人は、卒業試験への参加を決めたのだった。

第二章　見えない思惑

卒業試験前の最後の週末である。

その日、ブリジットは久しぶりにシエンナと街に出かけていた。

行き先は特に決めていないが、服飾店や魔石店、雑貨のお店などをのんびりと巡っていく。目的のない散策は楽しいものだったが、以前にも買い物した店で毛糸を見ていると、ぽつりとシエンナが呟いた。

「卒業試験、私もお嬢様についていきたかったです」

「シエンナ……心配してくれてありがとう」

シエンナの気持ちはありがたいが、試験ばかりは自分自身と契約精霊の力を頼りに乗り切るしかない。それを理解しているはずのシエンナだが、表情は優れなかった。

建国祭の日、デアーグに傷つけられたブリジットを見たとき――シエンナは、そのまま倒れてしまうのではと心配になるほど顔を蒼白にしていた。

しかしシエンナが責任を感じる必要はない。別邸の使用人たちに半日の暇を出したのはブリジットだ。彼らにもたまには仕事を忘れて、一年に一度の建国祭を楽しんでもらいたかったから。

暗い空気を払拭したくて、ブリジットは努めて明るい声を出す。

「ところで建国祭の日、クリフォード様と会っていたんですって？」

「……っ」

分かりにくいものの、シエンナは動揺したようだった。

「お嬢様。なぜそれを」

「こっそり教えてくれた人がいたのよ」

誰かというと、妹と一緒に建国祭を見て回っていたカーシンである。

「さてはカーシンの密告ですね。あのパティシエ、屋敷に戻ったらタダじゃ置かない……」

軽口のつもりが、いつの間にかカーシンの命が危うくなっている。

ブリジットは誤魔化しのための笑みを浮かべつつ、両手を横に勢いよく振った。

「ち、違うわよっ。……それにしたってシエンナ。殿方とデートするなら、せめてわたくしには打ち明けてほしかったわ」

実はちょっとだけ拗ねていたブリジットである。唇を尖らせる主人に、シエンナは焦ったようだった。

「デートではありません。あの日はクリフォード様と時刻や場所を示し合わせて、隣を歩いていただけです」

「それをデートっていうんじゃないの」

「本当に違います。贈り物のお礼にと誘われただけですし……」

「えっ！　シエンナ、クリフォード様にプレゼントをしたの？」

しまった、というようにシエンナが口元を隠す。

次の否定は、だいぶ弱々しかった。

「……今のは、違います」

「――シエンナったら、もう！」

ほんのりと頬を赤らめるシエンナが可愛くて、笑顔のブリジットは彼女の腕を取る。

「ねぇねぇ、何を贈ったの？」

「……手編みの魔石入れです。寒さ対策になると思いまして」

「えー！　素敵、素敵だわ。いつも身に着けてもらえるものね」

「お嬢様。あの、そろそろ……」

追及は勘弁してほしい、というようにシエンナが見上げてくる。

照れのにじんだ表情は愛らしく、いつもからかわれる側のブリジットは「いいじゃない！」と上機嫌ににこにこしてしまう。

（それにしても、私の知らない間に二人の関係は着々と進展していたのね）

――クリフォード・ユイジー。

物腰穏やかで、朗らかな笑顔が印象的な好青年。あのユーリとも喧嘩せずうまくやっていけるのだから、彼は人間的にもかなり優れた人物と言えよう。

（クリフォード様になら、安心してシエンナを任せられるわね）

感慨深くブリジットがそんなことを思っていると。

「いやいや、オレが好きなのは君だけだからさー」

ブリジットはぴたりと立ち止まった。

(聞き間違い、じゃないわよね。……ユーリ様の声がするんだけど)

しかも、やたら軽薄な台詞(せりふ)を口にしているような。

信じられない思いで、目を皿のようにしたブリジットは勢いよく周囲を見回す。だが、毛糸店の前を横切った人物はユーリではなかった。

(クライド様だわ)

以前、水の一族ことオーレアリス家に呼ばれた際に遭遇した人物だ。

無造作に括(くく)った、艶(つや)のある長い髪。右目の下の泣きぼくろ。

歩いているだけで色気が垂れ流しになっているのは、ちらちらと彼を振り返る女性の多さからしてブリジットの気のせいではないだろう。弟のユーリと声質はよく似ているのだが、それ以外は似ても似つかず、軟派で女性慣れした雰囲気を漂わせる男性である。

クライドは大通りの真ん中を、年上らしい女性の肩を抱いて楽しげに歩いている。かと思えば彼女を抱き寄せて、その顔を覗(のぞ)き込んで――。

(――――うえぇえっ⁉)

ブリジットはこぼれ落ちんばかりに目を見張る。

目の前の光景がにわかには信じがたい。いったい、何が起こっているのだろう。

(こ、こんな街中でそ、そそそこまで⁉)

顔を真っ赤にしていると、シエンナによってササッと両目を隠された。

「ちょ、ちょっとシエンナっ？　これじゃ何も見えないんだけどっ？」

「目に毒です。あんなものを見てはいけません、お嬢様」

そのままシエンナは店の奥にブリジットを連れていこうとする。

が、一足遅かった。

「久しぶりだね、ブリジットちゃん。その赤い髪、本当に目立つねー」

にやにやと笑いながら店の中まで入ってきたクライドを、シエンナは警戒心丸出しで睨みつける。

ようやく両目が薄闇から解放されたブリジットは、見下ろしてくるクライドに挨拶をした。

「ご、ごきげんよう。クライド様」

不自然でない程度に彼の後ろを見てみるが、近くに女性の姿はない。

もはやさっきの女性は幻の類だったのだろうか？　なんてブリジットが疑っていると、クライドはにやりと笑う。

「さっき、こっち見てたでしょ。ああいう強引なの好き？」

「耳に毒です。遊び人の言葉など聞いてはいけません、お嬢様」

シエンナが強制的にブリジットの両耳を塞ぐ。そのおかげで、クライドが何を言ったのかはブリジットにはよく聞き取れなかった。

シエンナによる耳塞ぎが終わるのを待ってから、クライドが言う。

「ねぇ、少しお茶しようよ。可愛い二人においしいスイーツをご馳走するからさ」

この誘いに、ブリジットは迷わず首を横に振っていた。

「申し訳ございませんが、お断りします」

「このあと用事でもあるの？」

「はい。屋敷に帰るという大事な用事がありますので」

用事というか、単に家に帰るというだけの話なのだが。

「屋敷、ねぇ」と呟いたクライドは、わざとらしく目を見開く。

「あっ、そういえば聞いたよ！　メイデル家での騒動のもろもろ。ブリジットちゃんもずいぶん大変だったみたいだね？　ご両親もあんなことになっちゃってさ……」

あからさまな物言いに、普段は冷静なシエンナも舌打ちせんばかりの顔つきをしている。このまま放っておいたら、相手が公爵家の三男と知っていても手が出かねない。

そんなふうに代わりに怒ってくれる人がいるから、平気だと思える。それに。

（こういういやみのすべてに、ロゼが対処してくれているのね……）

と、ブリジットはますます義弟の強さを頼もしく、誇らしく感じた。

――すべての魔法の基礎とされる炎・風・水・土の四大系統に優れた家系のことを、フィーリド王国では四大貴族と呼ぶ。彼らは国王の名のもと、協力して国の平和と安寧を守る歴史ある家柄だ。

その中のひとつの家門――炎の一族と呼ばれるメイデル伯爵家は、今まで炎の精霊を使役する優秀な精霊使いを数多く輩出し国の発展に貢献してきたことから、国内でも一目置かれる存在だった。

しかしユーリの機転により、ブリジットたちは建国祭の日『風の囁き』を使った告発を行った。

デアーグがイフリートの力を使ってブリジットを傷つけたことが明らかになり、彼は国王指揮下にある魔法警備隊に連行されていった。

　ニバルの契約精霊エアリアルが音声を届けられる効果範囲はかなり限られていたようで、思っていたより事態を正しく把握した人は少なかったようだが……この出来事が国内で一大事として捉えられたのは確かだろう。

　ただでさえ長子であるブリジットが微精霊と契約し、別邸に追いやられたことで、炎の一族は悪目立ちし、周囲から揶揄されがちな立場にあった。極めつけが第三王子ジョセフとの婚約破棄だ。そこにさらに燃料が投下されたのだから、これで社交界の話題にならないほうがおかしい。

　しかし意外というべきか、一連の騒ぎは一応は穏便な形で収束を見せていた。デアーグは事実上、王都から追放された形になったわけだが、その処分が迅速であったことと――他の四大貴族が裏で火消しに動いたのも大きいようだ。

　国王や彼らにとっても、炎の一族が醜聞に晒される事態は放置しておけなかったのだろうとブリジットは推測している。炎の一族を思ってのことではなく、利害関係によって奔走したのだ。

（むやみに騒がれれば、どれだけ埃が出るか分からないもの）

　中央神殿の前神官長らと結託し、魔力水晶や【魔切りの枝】を神殿から持ち出したり、ブリジットを物置小屋に閉じ込めて殺しかけたりと、様々な悪事が明るみに出たジョセフ。伝え聞く話によると、彼は今も王宮の自室から一歩も出ずに過ごしているという。

　元婚約者であるブリジットと、その父デアーグのいざこざについて騒がれれば、いつまたジョセフの件を掘り返されるか分かったものではない。そこで国王はデアーグに素早く処分を下し、一刻も早い話題の鎮火を図ったのだ。

そして現在、当主の座を継ぐロゼが成人していないため、メイデル伯爵家は一時的に当主不在として領地の多くは王家預かりとなっている。

定期的に開かれているという四大貴族会議の場にも、ロゼは呼ばれていないわけだが——それでも学生生活の合間を縫って、彼はいくつかのパーティーに積極的に参席しているようだ。

すべては、メイデル伯爵家の健在を示すためだろう。ロゼは何も言わないが、そこで彼がどんな言葉を囁かれているのかは想像に難くない。

（ロゼだけじゃない、本当に私は助けられてばかりよ。フェニックス……ぴーちゃんのことだって）

リアムからは、先日連絡があった。神殿ではブリジットの希望通り、リアムが大司教の力を借りてフェニックスを精霊図鑑に登録する時期を遅れさせている。ブリジットが学院を卒業するまで、自分ひとりの力で立てるようになるまで、登録を待ってくれているのだ。

それにエアリアルが『風の囁き』を発動している最中、あの場にいる誰もフェニックスの名を出すことはしなかった。パレードの最後、ブリジットはぴーちゃんの力を解放して特大の魔法を放ったが、パレードを見ている人々にはなんの精霊の力までかは見抜けなかっただろう。そのおかげで余計な注目を浴びずに済んだのだ。

といっても学院の生徒の多くはぴーちゃんのことを知っているし、炎の鳥として空を舞う姿を目撃した人だっている。人の口に戸は立てられないから、公然の秘密ではあるのだが……。

今日も、ブリジットとシエンナが街中を歩いていても、好奇の目を向けられることはほとんどない。国民の間で強まったのはデアーグへの非難だけで、ブリジットは同情を寄せられることのほうが多かったのだ。

だから、こんな些細ないやみ程度でショックを受けてはいられない。ブリジットはクライドに向かって、よそ行きの笑顔を浮かべてみせた。

「ご心配をおかけしておりますが、当家は問題ありません。次期当主であるロゼが、今後も伯爵家を導いていきますから」

「……ふぅん、そう?」

当ての外れた様子でクライドは肩を竦めている。そんなクライドを見上げて、ブリジットは内心首を傾げていた。

(前から思っていたけど……クライド様って、なんだか変な人だわ)

クライドの言動には確かに、露骨すぎるくらいの悪意が見え隠れする。しかしそこにはジョセフの繰るようなそれと異なり、ブリジットを傷つけようとする意図はないように思うのだ。

(確か屋敷で初めて会ったときは……)

家族で母親の墓参りに行った帰りだ、というようなことをクライドは口にしていた。その家族の範囲にユーリが含まれていないことに驚いたブリジットを〝赤い妖精〟と呼び、クライドは小馬鹿にしてきたのだ。

それだけなら慣れたものだった。ブリジットがたじろいでしまったのは、嘲笑う声がユーリとよく似ていたからだ。

(クライド様は、泣きそうになった私に向かって手を伸ばしてきて)

駆けつけたユーリはブリジットの肩を抱き寄せて、クライドから助けてくれた。

ブリジットの思考はそこで止まっていたけれど――あのときもクライドには、何か別の目的があったのだろうか？

「じゃあ、これはとっておきの情報なんだけどさ」

「はぁ」

まだクライドは会話を続ける気らしい。

困り顔のブリジットの鼓膜に、クライドの低く艶っぽい声は妙に大きく響いた。

「オレね。君らの卒業試験に関わるんだよ」

「え？」

眉を顰めて聞き返したブリジットは、遅れてその意味に気がつく。

「……まさか」

反応の良さに気を良くしたのか、クライドは首の後ろに手をやって笑う。

「学院に協力を頼まれちゃって。立場上、なかなか断りづらくてね」

(クライド様の契約精霊は、悪妖精……！)

クライドは、卒業試験の協力者のひとりなのだ。

「一緒に来てくれるなら、オレの精霊について手取り足取り教えてあげる。どうかな、悪い条件じゃないと思うけど？」

「お断りします」

が、ブリジットは素っ気なく同じ言葉を返す。

一瞬怪訝そうにしたクライドは、合点がいったというように横髪を掻き上げた。ひとつひとつの所作にいちいち色気があるからか、店内でも数人の女性がちらちらとこちらを見ている。

「あー、そっか。オレの精霊のこと、アイツから聞いたことがあるのかな」

見当違いの言葉に、ブリジットは首を横に振った。

「いいえ、ユーリ様は何も」

兄が悪妖精と契約しているとなると、ユーリとしても迂闊に話す気にはなれなかったのだろう。深くプライバシーに関わる問題なので、当然である。

しかしクライドの反応は劇的だった。黙り込んで眉間に皺を寄せた彼の顔に、ひとつの大きな感情が浮かんだのだ。

（……え？）

それは――苛立ちだった。

だがブリジットが驚き見つめていると、クライドは一瞬の間に表情を元に戻していた。まるで、何事もなかったように。

ぞくり、とブリジットの背筋に寒気が走る。

（今の……見間違い、じゃないわよね）

顔色を見るに、シエンナは気づかなかったようだ。ブリジットは気づかなかったふりをしようと決め込み、一本の指を立ててみせた。会話の続きをするように、自然を装った口調で言う。

「だって、クライド様はユーリ様の兄上でしょう？」

「まぁ、一応ね」

「試験の公平性を保つのであれば、生徒の身内を協力者にはしないはずです。それなのにクライド様がご参加されるということは、事前に情報があるかないかは、大して試験の内容に影響しないということかと」

それにクライドによってもたらされる情報が正しいものだとは限らない。彼の場合、平気な顔でブリジットを騙す嘘をいくらでも吐いてみせるだろう。

試験前になんとか有力な手がかりを得ようと、個人的に動いている生徒も多いようだが……それならシエンナとお出かけしたり、カーシンの作ったお菓子を食べたりして、本番までにコンディションを整えておくほうがよっぽど有意義だとブリジットは思う。

「それとクライド様。試験の関係者であることは伏せるよう、学院から指示されているのでは？」

その指摘にしばらくきょとんとしていたクライドだが、やがて――。

「……ははっ。やっぱり、噂って当てにならないね」

噴き出すようにして笑う彼を、ブリジットは油断なく観察する。

合格とでも言いたげな反応からして、彼はブリジットのことを試していたのだろう。もしも迂闊に誘いに乗っていたら、それこそ一笑に付されていたに違いない。

笑いすぎたのか、クライドは目尻に浮かぶ涙を拭っている。

「頭の回転が速いし、何より――オレ相手にも前より堂々としてる。そういう目で見つめられると、ほしくなっちゃうな」

「一欠片もあげません」

はっきりと断ったのは、なぜかシエンナである。クライドはますますおかしそうに続けた。

「じゃあ、最後にもうひとつだけ教えてあげる」

「……なんです？」

シエンナに睨まれつつ、クライドが整った顔を近づけてくる。

いったいなんだろうと、ブリジットが警戒をにじませて待ち受けていると。


「マフラーを盗んだのはオレだよ」


「……え？」

目を見開くブリジットに、クライドが吐息だけで笑う。その生ぬるい息が耳にかかり、鳥肌の立ったブリジットは思わず一歩後退っていた。

「より正確には、オレの精霊ね。……やっぱりあの手編みのマフラー、君がアイツに渡したんだ」

向けられる含みのある視線は、明らかにブリジットの一挙一動をおもしろがっている。

「……返してください」

「うーん、弱ったな。悪妖精はオレの言うことなんて聞かないからなー」

「すぐに返してください。ご存じないのですか？　ユーリ様がどれだけ必死にマフラーを捜しているか……」

　試験内容が発表されて以降も、ユーリはどこか上の空なのだ。

「今は試験前っていう、大事な時期だもんね」

「そうです。それが分かってらっしゃるなら……」

　クライドはそれまでと打って変わり、冷たく目を細めて答える。

「むしろ好都合。あの弱虫が卒業試験で不甲斐ない失態を披露するなら、オレとしては願ったり叶ったりだね」

「――――、」

　その発言が信じられず、ブリジットは絶句する。

（あなたは本当に、ユーリ様のお兄様なの……？）

　義憤を感じながらも、唇を噛み締める。

　分かっている。血を分けた家族であっても……家族だからこそ、他の誰よりも嫌って憎むという人だっているのだ。それをブリジットは、誰よりもよく知っている。

　しかしユーリが弱虫呼ばわりされ、半分だけ血の繋がった兄から明確な悪意を向けられているのだと実感すれば、ブリジットはその事実に衝撃を受けずにはいられなかった。

　何度も見てきたユーリの横顔が、胸を過ぎる。水の一族が住まう、城と見紛うほど立派な屋敷を思い出す。

どんな思いでユーリは今まで、あの場所で生きてきたのだろうか。

息が詰まって何も言えずにいるブリジットから、クライドはあっさりと踵を返す。

「それじゃ、卒業試験がんばって。またねー、ブリジットちゃん」

上機嫌そうな背中に、ブリジットは敢えて声を投げかける。

「クライド様は何もご存じないのですね。ユーリ様のことを」

ぴた、とその長い足が止まる。振り向いたクライドは冷笑を浮かべていた。

「……どういう意味？」

「ユーリ様は、弱くなんてありませんわ。卒業試験にだって、必ず合格します」

眉唾と思ったのか、クライドは肩を竦めただけだった。

ブリジットが何を言ったところで、最初から取り合うつもりなどなかったのだろう。ひらひらと片手を振って、彼の背中は雑踏へと消えていく。

「………なんなの」

「お嬢様？」

恐る恐る声をかけるシエンナだが、それには答えずブリジットは叫んでいた。

「なんなのよ、あの人ー！」

ブリジットは激昂していた。

脳裏に浮かぶのは、マフラーを渡した夜――『死ぬまで大切にする』とまで言って、幸せそうに笑うユーリの表情だった。あの二人だけの幸せな思い出に、クライドとその契約精霊は土足で踏み入ってきたのだ。

それだけには留まらない。ユーリのことを弱虫と呼び、その失敗を望むような言い様をするクライドという人間が、ブリジットは――。

「もう、本当に信じられない……！　腹が立つわ！」

『ぴぎぃッ！』

まさに怒髪天を衝く勢いのブリジットの感情に呼応してか、彼女の服のポケットから飛び出してきたぴーちゃんも、厳しく目尻をつり上げてバタバタと忙しなく羽を動かしている。

「おち――落ち着いてくださいお嬢様、ぴーちゃん様」

「わたくしは落ち着いてるわシエンナ！」

まったく落ち着いていない主人を引きずり、シエンナは毛糸店から離れ、大通りに待たせていた馬車へと連れ戻る。

その間に全身を寒風に吹かれたブリジットとぴーちゃんは、幾ばくかの冷静さを取り戻していた。

「……ごめんなさい、シエンナ」

『ぴぃ……』

「いいえ。お怒りになるのも当然かと存じます」

ぴーちゃんを膝に乗せたブリジットは馬車の窓にこつんと頭をぶつけ、「はぁ……」と重い溜め息を吐く。

御者が鞭を打ち、馬車が動きだす。

気を取り直したブリジットは、真向かいに座るシエンナに話しかけた。

「この件について、ユーリ様に手紙を書くわ。今日中に届くように、精霊便を頼んでおいてくれる？」

「すぐにお手配いたします」

試験は二日後に迫っているので、そのほうがいいだろうと判断するブリジット。

精霊便とは、主に風の精霊とその契約者たちが運営するサービスである。通常の郵便に比べると料金は割高だが、遠方にも迅速に物を届けられる優れた伝達手段だ。精霊は気まぐれなので、手紙・荷物の紛失や破損は日常茶飯事というのが玉に瑕だが、苦情は一切受けつけないのがお約束である。

クライドの発言について、ユーリに伏せておくという選択肢はない。ブリジットが諭したことで、ユーリ自身はマフラー捜しをやめてくれたはずだが、今も人を使って捜させているはずだから。

（でもクライド様の契約精霊が、マフラーを盗んだなんて知ったら……ショックを受けるはずだわ）

不仲な兄弟だというのは理解している。実際に二人を目の前にしたとき、かなり険悪な雰囲気だったのも記憶に新しい。

だが試験をこんな形で妨害されるとまでは、ユーリも想定していなかったはずだ。

（今回の勝負はお預けね）

別邸に着くなり、ブリジットはクライドの発言を要約し、勝負はやめて自分も協力する旨をまとめた手紙を書いた。それをシエンナに頼んで、精霊便で飛ばしてもらう。

「紛失を想定して、十通くらい別口で出したほうが良かったかしら……」

それから十分ほど経ったただろうか。自室の窓を開けてブリジットがそわそわしていると、窓がコンコンと叩かれる音がした。

「来たわ！」

シエンナに頼むでもなくブリジットが駆け寄ると、窓の外をきらりと光る粉が舞い散る。手紙を届けてくれたのは風の小妖精シルキーあたりだろうか。

「ありがとう、配達ご苦労さま」

労いの言葉をかけて、ブリジットは窓辺に置いてある手紙を受け取る。

ペーパーナイフで封を開けると、記されていたのは意外なまでに短い返事だった。


――僕の力だけで解決するから、何も心配するな。最後の勝負は予定通り行おう。


拍子抜けしたブリジットの両手から、力が抜ける。

「何よ、それ……」

床に落ちた手紙を拾い上げたシエンナは、ブリジットに断りを入れてからその内容に目を通す。

彼女の同意を期待していたブリジットだが、シエンナの考えは違っていた。

「私としては安心しました」

「え？　どうして？」

「解決するとオーレアリス令息が言い切られるのであれば、兄君に勝利する自信がおありということなのでしょう。ウンディーネとフェンリルという強力な最上級精霊と契約しているのですし……」

その通りだ、とブリジットは思う。

今までユーリと五回もの勝負をして、ブリジットは彼に勝ち越している。しかしそれらはどれも薄氷の勝利に過ぎなかったことを、ブリジット自身がいちばん理解していた。

生まれ持った才能においても、着実に積み上げてきた不断の努力においても――ユーリ・オーレアリスを上回る人間を、ブリジットは他に知らない。

つまりクライドに勝てると判断したからこそ、ユーリはブリジットの申し出を断ったのだ。

普段のブリジットなら、そんなふうに疑いなく考えられたかもしれない。ユーリの強さを信じて、クライドの挑発的な発言は記憶の彼方（かなた）に追いやり、ユーリとの勝負に全身全霊を懸けられたのかもしれない。

でも、と引っ掛かってしまうのは。

（最近のユーリ様、ちょっと様子がおかしかったのよ。本当におひとりで大丈夫なのかしら……）

その危惧は、口にしたら現実になってしまいそうだった。そのせいで言葉を呑（の）み込（こ）むブリジットから視線をずらして、「あら」とシエンナが目を見張る。

「なんだかお天気が崩れそうですね。廊下の窓を閉めてまいります」

シエンナが部屋を出て行く。暗雲が垂れ込めている重苦しい空を、ブリジットは落ち着かない気持ちで見上げる。

湿っぽい髪の毛を撫(な)でて、ブリジットは呟(つぶや)く。

「……わたくしの思い過ごしなら、いいんだけど」

どうしても、それが不吉な予兆のように思えてならなかった。

第三章　狭間の世界

卒業試験当日の朝。

普段通りの時刻に目覚めて、ブリジットは朝食を済ませていた。

制服に着替えたあとは、シエンナに長い髪を丹念に梳かしてもらい、高い位置でひとつに結ぶ。

マジックアイテムの持ち込みは禁じられているので、髪飾りはユーリから贈られたそれではないが――鏡の中から見返してくるブリジットの表情は、至って落ち着いていた。

二週間という短い時間。当然のことながら通常授業も行われている中、できることは限られていた。ブリジットにも焦りはあったが、それは時間が経つごとに次第に緩やかになっていった。

（卒業試験は、学院生活の集大成だもの。学院の授業で学んできたことが、身になっているかどうかが試されるはずよ）

そこでブリジットは今までの講義で取ったノートを見返し、図書館で悪妖精に関する本や物語を読んで試験までの時間を過ごした。今も不安がないわけではないが、空回りするよりもよっぽど有意義に過ごせたと感じている。

最後に薄い化粧を施してくれたシエンナが、鏡越しにブリジットに微笑む。

「本日もお美しいです、ブリジットお嬢様」

「ふふ。ありがとう、シエンナ」

ブリジットもまた柔らかな微笑みを返す。いつも通りに声をかけてくれるのは、シエンナらしい気遣いである。

制服の上から厚手のコートを羽織ったブリジットは、別邸の玄関ホールへと向かう。しかし玄関を出たところで立ち止まった。

「え……？」

ブリジットが硬直したのには理由があった。

本邸の正門までの道には、ずらりと――別邸の使用人たち、それに本邸の使用人たちが揃っていたからだ。

「これは……」

何事かと目を丸くするブリジットの前に、ロゼがやって来る。一年生は今日は休日になっているはずだが、ロゼはきっちりと制服に着替えていた。

「おはようございます義姉上。馬車までの短い間ですが、エスコートしても？」

「お、おはようロゼ。構わないけど……」

ちらちらと両脇に並ぶ使用人を見やるブリジットに、笑顔のロゼが説明する。

「彼らも見送りをしたかったそうなんです。すごい人数になってしまいましたが」

「お嬢、気張ってけ。お嬢なら絶対大丈夫だからな！」

「がんばってください、お嬢様！」

拳を突き上げて鼓舞してくるカーシンを始めとして、気心の知れたネーサンやハンスが次々と声をかけてくる。

「お嬢様、応援しています。どうか遺憾なく、実力が発揮できますように」

「精霊のご加護がありますように……！」

本邸の使用人たちも、控えめながらブリジットに声援を送ってくれていた。

（みんな……）

半年前ではあり得なかった光景を、目を潤ませてブリジットは見回す。

デアーグとアーシャが王都から離れた領地へと旅立ってから、ロゼは本邸に戻ってきてほしいと言ってくれた。しかしブリジットはそれを断っている。急にブリジットや別邸の使用人たちが移り住めば、いろいろと混乱があるだろうと思ったのだ。

それにロゼには言わなかったが――本邸には、ブリジットや別邸の人間を軽んじる使用人も多く残っていた。そこに戻りたくないと思ってしまうのは至極当然だった。

（でもそういう人たちは、ロゼが推薦状も書かずに次々と屋敷から追い出しちゃったらしいのよね）

いずれ伯爵家を継ぐ立場にあるロゼだから、文句を言える者などいるはずがない。

（ロゼのおかげで、今はどちらの屋敷も……私の家だって素直に言える）

ブリジットを別邸に追いやった張本人であるデアーグは、そこを物置小屋だと呼んだ。

本邸を追い出された当初は、ブリジットもそう思っていた。だが今は違う。別邸での時間も、本邸でロゼとお茶や夕食を楽しむ時間も、どちらも等しく穏やかな幸せに満ちていた。

——そして今まで交流のなかった二つの屋敷で働く彼らは共に、試験に挑もうとするブリジットを心から応援してくれている。

「すみません、義姉上。彼らのほうが緊張してしまっているようです」

「……本当ね」

肩を竦めるロゼに、ブリジットはくすりと笑う。オトレイアナ魔法学院の卒業試験といえばとにかく突破が難しいと国内でも有名だから、そんな反応も無理はないのだが。

「みんな、本当に……心配性なんだから」

ロゼと顔を見合わせて笑っているうちに、肩の力が抜けていく。

「いってらっしゃいませ」と頭を下げるシエンナたちに応じながら、ブリジットは馬車へと乗り込んだ。

馬車のドアが閉められる直前、ロゼがとびっきりの笑顔を向けてくれる。

「義姉上、無事のお帰りをお待ちしていますね」

ブリジットもまた満面の笑みで答える。

「ええ、行ってくるわ！」

馬車の窓から見えなくなるまで、ブリジットは彼らに大きく手を振ったのだった。

実技用の指定服に着替えた第二クラスの生徒は、マジョリーやコロポックルたちの誘導に従って学院敷地内にある森の中を進んでいた。

魔石獲りなど、通常の試験でも立ち入ることのある森だ。多くの精霊や妖精が住んでおり、常日頃はそれなりに賑やかなのだが――と、列の真ん中あたりを歩くブリジットは頭上を見上げる。

（今は、なんの気配も感じない）

今日はシンと静まり返っている。枝が積もった雪を落とす音や、小川のせせらぎすら遠のいているようだ。

多くの木々が葉を落とした寂しげな森に、生徒たちの足音やひっそりとした会話の声だけが響く。隣を歩くキーラも、羽織ったローブの胸元をかき抱くようにしながら不安げに何度も周囲を見回している。

不穏な緊張感が生徒たちを取り巻く。その理由は、常より少ない生徒数にもあった。

――今朝、教室に入るなり、ブリジットは先週より明らかに人数が少ないことに気がついた。

マジョリーからの通達によると、卒業試験への参加者は合計八十名だという。進級時はちょうど百人だった二年生は除名や中退もあり九十七名まで減ったので、十七名が試験を辞退したということになる。これを多いと取るか少ないと取るかは、人によって意見が分かれるところだろう。

ブリジットが所属する第二クラスからは、三名が辞退を申し出ている。その中にはブリジットが普段よく話す女子も含まれていた。最後まで試験に参加するかしないか悩んでいたが、彼女は迷った末に後者を選んだのだ。

そんな彼女の決断を、ブリジットは弱いと断じるつもりはなかった。精霊界に近い狭間の世界に恐怖心を抱くのは、当たり前のことなのだ。

「ブ、ブリジット様。なんだか怖い感じがしますね」

キーラに話しかけられて、ブリジットは思考を中断して頷いた。

「悪妖精の気配が高まっているから……なのかしら。他の精霊たちも厄介事に巻き込まれるのを嫌って、根城に隠れているのかもしれないわね」

小さく頷いたキーラが、ぽつりと言う。

「今回の試験……リサちゃんも、参加を辞退したって言ってました」

「そうなのね。リサさんも……」

リサも、十七名の辞退者のうちのひとりなのだ。だがキーラは、弱気に呑まれているわけではなかった。

「わたし、リサちゃんの分もがんばります。がんばって試験を合格して、リサちゃんにたくさん悔しがってもらいます！」

ブリジットだけでなく、キーラもリサの策略によって苦しんできた少女だ。ジョセフに愛されたいばかりに、リサは幼なじみのキーラにまで冷たく当たり、彼女を利用してきた。

そんな過去が消えてなくなったわけではない。それでも前を見据えるキーラの瞳に、リサへの憎悪はなかった。言葉通り、友人を驚かせて悔しがらせようと意気込む姿が、ブリジットにはまぶしく感じられる。

だからこそ、笑顔で頷くことができた。

「そうね、リサさんを悔しがらせてやりましょう！」

「はい！」

「ふわぁあ……」

やる気に満ち満ちる二人の後ろでニバルが欠伸をする。かと思えば、ぐしゅっと潰れたような音を立てて大きなくしゃみをした。

呑気な彼を、キーラはどこか羨ましげな、あるいは呆れたような目で振り返った。

「余裕がありますねぇ、級長」

「いや、緊張してほとんど寝てなくてよ、もう眠いのなんの……じゃなくて、どうにか三時間は寝ましたんでご心配なく、ブリジット嬢！」

ブリジットが睨んでいるのに気づいてか、ニバルが弁解する。

それにしたって短い睡眠時間だが、目くじらを立てていても仕方ない。試験はもう間もなく始まるのだ。

「にしても、まだ歩くんすかね」

「確かに、もうだいぶ進んできたわよね……」

生徒たちが迷わないよう誘導するコロポックルたちは、陽気に森の中を跳ね回るばかりだ。彼らに問うたところで、答えが返ってくることはないだろう。

だからといって、先頭を歩くマジョリーに質問するのも憚られる。一切の質問を認めないという卒業試験のルールは、今も適用されていると思われるからだ。

ほとんど荷物がないので、森の中を歩くのはあまり大変ではなかった。食料や飲み水に関しては、ポケットに入るだけの量しか持ち込みが認められていない。それに上着や防寒具の類に関しても、試験が始まる前までの使用に限定されている。

二日間に亘(わた)って開催される魔石獲りと異なり、おそらく卒業試験はもっと短い時間で行われるのだろうとブリジットは予想していた。長い時間をかければ、生徒の一部が精霊界に迷い込んでしまう危険が高まる。その理由で、過去に三名の行方(ゆくえ)不明者が出てしまったのだと思われた。

それから二十分ほど進んだ頃だろうか。森の一角ながら木々が少なく、小高い丘を登ったところでマジョリーは立ち止まった。

十七人の生徒たちを振り返るマジョリーは、額に浮かぶ汗の粒を手巾で拭っている。

「はい、みんなお疲れ様。ようやく、卒業試験の出発地点となる妖精丘(シー)に到着しました」

マジョリーの言葉に、一斉に周囲がざわつく。驚いたのはブリジットも同様だ。

(森の中に、妖精丘があったのね)

妖精丘とは丘や岩窟、土塚といった、魔力が溜(た)まりやすい場所の総称である。マジョリーが出発地点と呼んだことからして、この丘には多くの目に見えない扉があり、幾層もの狭間に繋(つな)がっているのだろう。

人間が踏み入っていない自然の力が濃いところは、精霊や妖精の住処(すみか)となりやすい。それゆえに人がむやみに近づくと精霊界に落とされて、滅多に戻ってこられない。子どもたちは耳にたこができるくらい、周りの大人にそう言い聞かせられて育つのだ。

　このあたりは丘陵地帯になっているらしく、似たような丘がいくつも連続している。普段は生徒が迷い込まないよう、魔法で結界を張っているのかもしれない。そうでなければ以前にも誰かが見つけていたはずだ。

「これから順番に、みなさんは中央に向かって妖精丘を下りていってもらいます。他のクラスの子たちも、同時刻に近くの丘から出発していきます。出発地点によって試験の難易度が極端に変わったりはしないから、安心してちょうだいね～」

　その他、改めてマジョリーから口頭で細かな注意事項が伝えられる。

　その説明が終わったところで、ひとりの男子が困り顔で挙手した。ジャックフロストと契約している生徒である。

「あら、どうしたの？」

「あの……もし狭間で命の危険を感じた場合、どうしたらいいんでしょうか。自分はともかく、ジャックフロストの身に何かあったらと思うと……！」

　ぐすっと涙ぐむ彼の肩を、周りの男子が叩いて励ます。マジョリーは契約精霊を気遣う言葉を聞いたからか、優しい微笑みを浮かべた。

「それについても今から伝えるところだったの。試験の特性からして当然だけど、悪妖精の契約者たちには、いつでも契約精霊と意思疎通ができるよう待機してもらっているわ。狭間に向かってもらうわけじゃないから、彼らが皆さんの前に姿を見せることはないけれど……もし悪妖精がきわどい行動に出た場合は、迅速に止めてもらうようお願いしています」

　ブリジットが思い浮かべたのはクライドのことだった。

　試験を受ける学生たちがやって来るのを、クライドの契約精霊は今か今かと待ち受けているのだろうか。

（ユーリ様、どうするつもりなのかしら。マフラーを取り返そうにも……）

　数が公言されているわけではないが、試験内容からして協力者は複数いると見ていい。その中からクライドの契約精霊を捜すことはできるのか。

　ユーリも今頃、教員の声に耳を傾けながら思案しているのかもしれない。他のクラスとスタート地点が違うせいで、ブリジットはますますやきもきさせられる。

「それにあたしのコロポックルや、他の先生方の精霊たちが狭間を休まず巡回しているわ〜。試験を棄権する場合はなるべくその場を動かず、巡回班の回収を待ってちょうだいね」

　マジョリーの言葉に、なぁんだ、と弛緩した空気が流れる。それならいつもの課外学習となんら変わらない、と多くの生徒が思ったのだ。

　しかしマジョリーの表情も声音も、そこで一段と厳しいものになる。

「でも、どうか用心は忘れないで。いざというとき、悪妖精を止めるのは契約者であっても困難なことなの。どんなに手を尽くしても……過去に行方不明者や重傷者が出たのは、本当のことだから」

　張り詰める十七人の顔を見回したマジョリーが、ふっと表情を緩める。

「――なんて口を酸っぱくして言いたくなるのは、年寄りの悪いところかしら。この二年間、あたしは精霊学を受け持つ教員として……精霊の強さ、優しさ、そして彼らの恐ろしさを、あなたたちに精いっぱい伝えてきたつもり」

だから、とマジョリーは穏やかな笑顔で締め括(くく)った。

「みなさんが試験を乗り越えて戻ってくるのを、ここで楽しみに待っているわ」

三人の中で、最初に名前を呼ばれたのはブリジットだった。

「ブリジット嬢、ご武運を！」

「ブリジット様、お気をつけて……！」

「ええ。級長とキーラさんも！」

ニバルたちと声をかけ合って、ブリジットは前方へと進み出る。

ちょうど前の生徒が、へっぴり腰で丘の下へと歩いていく様子がよく見えた。なだらかな斜面なので、転倒の心配はないようだ。

不思議なのは――歩く彼の背中が、ほんの数秒で見えなくなることだった。目を凝らしていたのに、気がつけば影も形もなくなっている。瞬きの瞬間、世界が裏返ってしまったように。

（霧や靄(もや)が発生しているわけでもないのに……）

それにマジョリーは、次々と生徒の名を呼んで出発の合図を出している。このペースならば、すでに何人かが丘の下でばったりと出会しても(でくわ)おかしくない。それなのに話し声も聞こえないし、今のところ誰も戻ってこないのだ。

だがのんびりと分析している時間はない。マジョリーがブリジットの肩を優しく叩いたのだ。

「ブリジットさん、がんばってね～」

「ありがとうございます。マジョリー先生」

いよいよブリジットの番だった。

ごくりと息を呑み、妖精丘へと足を踏み出す。

(ええと。このあたりを下りていけばいいのよね?)

頬(ほお)に触れるのは、神聖に澄み渡った空気。四肢が強張る(こわば)のは、人の住む世界とは違うものを肌で感じるからだろうか。

平常心を心がけていたブリジットも、なんだか空恐ろしくなってくる。試験への参加を決めたのは軽はずみな決断だったのではないかと感じてしまう……。

(いいえ、何を怖じ(お)気づいてるの。挑戦するって決めたんじゃない)

いったん立ち止まって、すぅ、はぁ、と深呼吸をする。それを二回繰り返して、ブリジットは髪の中に埋(うず)もれているだろう契約精霊に声をかけようとした。

「ぴーちゃん。一緒に」

がんばりましょうね、と言いきる前に……ずるっ、とブリジットの足が滑っていた。

「――ひゃあああぁっ!?」

まさかの転倒である。

なだらかな丘には摑(つか)まるところもなく、ブリジットは頭から地面に落ちていく。それでもなんとか両腕を伸ばして、受け身を取ろうとしたのだったが……。

そんなブリジットの視界が、ぐにゃりと歪(ゆが)む。迫っていたはずの地面は消えてなくなり、どこまでも暗い闇(やみ)に全身が包まれた。

(な、なに⁉　何が起こってるのっ？)

ひっくり返った自分の悲鳴も、途中で水の中に入ったように聞こえなくなった。どこかに墜(お)ちていく感覚に逆らえないまま、ブリジットはなんとか両目をこじ開ける。

いくつもの色に切り替わっていく世界を、ブリジットは唖然(あぜん)として見つめた。

赤・青・緑・茶・桃・黄・水・黄金・黒……次から次へと目の前に現れる色の嵐(あらし)に意識が翻弄され、酩酊(めいてい)しそうになる。それが九つの系統魔法を表す色だと気がついたのは数秒後だ。といってもそう感じたのが本当に数秒経ってのことだったのか、ブリジットには確信が持てなかった。

だがひとつだけ、分かっていたのは。

(近づいてるんだわ……人間界と精霊界の、狭間が！)

ぐっ、と強く奥歯を噛(か)み締(し)める。ここから先は、常識が通じない世界が待ち受けているのだ。

そうしてほんの数瞬か、永遠にも感じられる時間を落ち続けて——どすん！　とお尻(しり)を打つ音と共に、ブリジットの知覚は正常に戻っていた。

「い、いたたた……」

打ったお尻をさすりながら、どうにか身体を起こす。

（まだ、クラクラする）

ブリジットは乗ったことがないが、船に酔うような感覚に近いのだろうか。痛むこめかみを押さえながら、辺りを見回した。

「森の中？　……いえ、樹海と呼ぶべきかしら」

学院の周囲に広がる森とは違う場所だと、すぐに分かる。見たことのない形の花、異様に成長した植物、光る苔をつけた樹木…果てしない奥行きのある空間をきょろきょろ見回すブリジットの胸は高鳴っていた。

頭上は育ちすぎた木々に覆い隠されているが、枝先に生い茂る葉の合間からは青暗い空が見える。時刻は夜と見て間違いなさそうだ。

「さっきまでとは、場所や季節だけじゃなく……時間帯も違うわね」

人間界と精霊界では、時間の流れが違う。精霊界では、春の次に秋が来たり、次は夏に戻ったりするという。時間も昼が過ぎて朝になり、かと思えば延々と夜が続くのも珍しくないのだとか。

あちこちに生える光る苔のおかげか、見通しが利くわけではないが、周囲の様子がそれなりによく見える。他にも光源として機能しているのは、そこら中を飛び回ってほのかに光る微精霊たちだ。彼らは淡く発光しながら、幻想的な樹の海と呼ぶべき世界を照らしている。

試しに人差し指を一本だけ伸ばしてみると、その先に微精霊がぴたりと止まる。またふよふよと飛んでいく光を、ブリジットは見送った。

魔力の薄い人間界で、こんなにしっかりと微精霊の姿を目視できることは、なかなかない。つまり——。

「ここが、狭間……」

ブリジットは息を呑んだ。転倒して為す術なく引っ張り込まれる、という形ではあったが——人間界と精霊界の、境界と呼ばれるところに辿り着いたのだ。

踵に力を込めて、ゆっくりと立ち上がる。気分がふわふわするのは、まだ酔いが残っているからか、魔力の密度が人間界に比べて濃いからだろうか？

頬を撫でるのは冬のそれでなく、生温かい風だ。これなら凍え死ぬ心配はなさそうだが、当てもなく樹海を彷徨うわけにはいかない。

(悪妖精がいつ仕掛けてくるか分からないし)

あるいは、すでにブリジットは彼らの手のひらの上かもしれないのだ。

気を引き締めたところで、ブリジットは重要な存在を思い出した。

「ぴーちゃん？　どこ？」

普段ならば間髪を入れず『ぴ！』と甲高い鳴き声を元気に返してくる、ブリジットの契約精霊。

「ぴーちゃん。聞こえるなら、返事してちょうだい」

だが呼びかけても、ぴーちゃんからの答えがない。不審に思ったブリジットは自身の髪や服の中、ポケットの中を検めてみるが、どこにもぴーちゃんの柔らかな毛の感触はなかった。

何かの事故で、別の場所に飛ばされてしまったのか。あるいはこれこそ、ユーリが危惧していた契約精霊との分断なのか。

そう思うと不安だったが……見た目はただのひよこでも、ぴーちゃんは歴とした精霊なのである。

ならばブリジットよりぴーちゃんのほうが、この地ではよっぽど安全なはずだ。

（それに、ぴーちゃんってかなり怖がりだものね）

アルプと相対したときも、全身をぶるぶるさせて震えていた記憶がある。悪妖精の気配にびっくりして、ブリジットを置いて逃走したのかもしれない。

ぴーちゃんはさておき、とりあえず周辺を調べてみようかと思ったところで。

「ブリジット！」

覚えのある声に、ブリジットは後ろを振り返る。そこで目を見開いた。

「え？」

そこには、別の妖精丘から出発したはずのユーリの姿があった。

茂みをかき分けて、笑顔のユーリが駆け寄ってくる。ブリジットは面食らいながらも、そんな彼をまじまじと見つめた。

「どうやら同じ場所に飛ばされたみたいだな。良かった」

「……いつからこちらに？」

「つい数分前だ。一帯を回ってみたが、特に気になるものはなかった」

早くもユーリは周辺の探索を済ませていたらしい。

「そういえば、ぴーちゃんがおりませんの。ウンディーネとブルーはいかがです？」

「僕も同じだ。ここに来てから、何度呼びかけても応答がない」

やはり、異常な事態が発生しているのだ。

「ブリジット。とりあえずあそこで休まないか？」

ユーリが指さす方向には木造の小屋があった。出口の見当たらない樹海を見守るようにぽつんと建つ、古びた粗末な小屋である。

（気づかなかった。近くにあんなものがあったのね……）

目をぱちぱちさせて、ブリジットは頷く。ここで立ち尽くしていても状況は変わらないだろうし、小屋を拠点にできるなら言うことはない。

まずはユーリが、立てつけの悪いドアを開けて先に中に入る。それに続いたブリジットは、薄暗がりの室内を恐る恐る見回した。

ほとんど見るところのない一部屋だけの小屋だ。狭間を管理するために、人の手で造られたものだろうか。それとも精霊が人の建造物を真似(まね)て造ったのかもしれない。

埃(ほこり)を被った棚には物が入っておらず、生活感はまるでない。木板に足跡もなく、最近になって誰かが使ったような形跡はなかった。

少しがっかりするブリジットだったが、テーブルの上には、おあつらえ向きに溶けかけの蠟燭(ろうそく)が載った燭台(しょくだい)が置かれていた。

「明かりをつけても大丈夫でしょうか？」

ブリジットの視線の先を、ユーリが見やる。

「問題ないだろう。あったとして、対処すればいいだけだ」

卒業試験でもユーリは自信満々だった。

ブリジットは蠟燭に手のひらを向け、短く唱える。

「『ファイア』」

初歩中の初歩である点火の生活魔法。これによって芯に炎が灯り、室内に温かな光が満ちていく。

窓を開けたユーリが、振り返って微笑を浮かべた。

「ずいぶんうまくなったな」

「おかげさまで」

最近はようやく、魔法の威力が調整できるようになってきたのだ。まだまだ簡単な魔法に限っての話ではあるが。

（魔法を食べられるぴーちゃんがいないから、大きすぎる火球を出したら今度こそ一大事だし）

制御不能になれば、ユーリに頭から水をぶっかけられる可能性もある。そんな事態には陥りたくないものだ。

ユーリはひとつしかないソファの背に寄りかかり、こちらを黙って見ている。その視線に言いようのない気まずさを覚えて、立ったままのブリジットは口を開いた。

「この小屋、どなたが造ったのでしょう？」

「精霊じゃないか？」

「でも、小屋自体が人間用の大きさで造られていますわ」

（小屋自体に仕掛けがあるような感じはしないけど……）

真剣に悩んでいたブリジットの左手が、ぐいと摑まれる。何事かと驚くと、切羽詰まった表情のユーリと目が合った。

「……ブリジット」

「どうされたのです？」

焦って振り解こうとしても、ブリジットの手をユーリは離してくれない。その形のいい眉根は悲しげに寄せられ、視線はブリジットの手の甲へと落とされていた。

「ブリジット。クライドについて、話したいことがあるんだが……」

彼が次に何を言うつもりかは分からなかったが……その顔を見たブリジットはすぅ、と大きく息を吸った。

騒ぐ鼓動を宥めていく。なるべく冷静に対処できるようにと、自分に言い聞かせる。

「それならわたくしから、先に申し上げたいことがあるのですが」

物腰こそ穏やかだが、その声音ににじむ怒気を感じ取ったのだろう。ユーリは少し怯んだようだった。

「なんだ？」

そんな彼を挑むように見据えて、ブリジットは告げる。

「――あなた、ユーリ様ではありませんわよね」

「……は？」

それが、あまりに唐突な言葉だったからだろう。ユーリが間の抜けた顔をする。

それから、おかしそうに苦笑をこぼした。

「何を言ってるんだ、ブリジット」

「それですわ、そ・れ！」

びしり！　とブリジットは、そんなユーリの顔に指を突きつける。

「あのですね、ユーリ様の笑顔はものすご～～く貴重ですのよ。〝氷の刃〟なんて大層なあだ名をつけられる殿方ですもの、おいそれとにこにこするような方じゃありませんの」

ぎくりとユーリの肩が強張る。

おかしいと気づいたのは、鉢合わせた瞬間からだった。

樹海でブリジットを発見し、安心したような笑みと共に走り寄ってきたユーリ。しかし本来の彼ならば、あんな気の抜けた顔をブリジットに見せるわけがない。

――なんせここは卒業試験の舞台。

本物のユーリは抜け目なく疑り深い。目の前にいるのがブリジット本人なのかどうか、まず見極めようと警戒するに決まっている。

「それにユーリ様は、重要な試験の真っ最中に個人的な用件で話したがったりしないし……」

「ちょっと待ってくれ。僕だって人間だ、らしくない真似をすることだってある」

慌てて口を挟まれても、不遜に腕を組んだブリジットは態度を崩さない。

「喋れば喋るほど、ユーリ様らしさから遠ざかっていくわよ。……ああ、まだ気づいてないのかしら。わたくし、一度もあなたのことをユーリ様とは呼んでないわ」

「………」

「ねぇ。ユーリ様をよく知るわたくしの前で彼の振りをするなんて、あなた怖いもの知らずじゃなくって？　悪妖精の……プーカ！」

わりと恥ずかしいことを言っているのだが、試験の高揚感からか堂々と言い放つブリジット。

すると言い当てられたユーリ――に化けたプーカが、舌を打った。

彼は、開けられていた小屋の窓からひょいと身軽に逃げていく。逃がすものかとブリジットは躊躇わずに駆け出した。

窓枠に足をかけながら、思いっきり怒鳴る。

「こら、待ちなさい！　まだ話は終わって――」

「ッブリジット！」

そんなブリジットの肩を、後ろから誰かが摑んだ。

きゃあと驚いたブリジットは小屋の床へと転げ落ちてしまう。しかも、ブリジットを呼ぶその声は――。

「だ、だからまたそうやって性懲りもなく、ユーリ様に化けて！」

いけしゃあしゃあと再び現れたユーリもどきに、ブリジットは色をなす。

「人を馬鹿にするのも大概になさい、プーカ！　何度やっても、わたくしは絶対に騙されな──」

「いいから動くな、馬鹿！」

「だだ誰が馬鹿ですって⁉　本物のユーリ様みたいなこと言わないで！」

「だから！」

起き上がった直後、肩を引き寄せられる。

後ろから無理やり抱きすくめられて、ブリジットの息が止まった。

「や、やめ……っ」

暴れようとするのに、強い力で抱きついてくるユーリを引き剝がせない。

どこからか走ってきたのだろうか。肩で荒く息をするユーリの体温は暑くて、熱い。覚えのあるそれを感じれば感じるほど、ブリジットの抵抗は鈍くなっていってしまう。

（そんな。だって、違うわ。このユーリ様も……違う、はずなのに……）

とうとう動けなくなったブリジットの肩に、ユーリの額が当てられる。ブリジットの髪に、彼の息が当たる。

「頼むから、もう、動くな。危ないんだよ……」

弱ったような、それでいて切実な囁きを耳にすれば、全身が震えてしまう。

ユーリが本心から心配してくれていると、そう思い込んでしまうからだ。そうやって、弱味につけ込まれているからだ。

「う、う、うるさい」

どく、どく、どく、と高鳴る心臓の音を聞きながら、ブリジットは声を振り絞る。

心を許すわけにはいかない。悪妖精は手練手管を弄して、人の心の隙をつくのだ。いくつもの授業で、教科書で、アルプとも相対して学んだことだ。

だから抱きしめてくる優しい腕に、身を任せてはいけないのに。

「ユーリ様さえ出せばどうにかなる、ちょろいわたくしだと、おっ、思わないことね」

「さっきから君は何を言ってるんだ」

どこか呆れたような響きが返ってくる。

それがあまりにもいつも通りの温度だったから、ブリジットは思わず振り返った。言葉通りに呆れ返った様子のユーリと目が合えば、確信が胸を満たしていく。

おずおずと手を伸ばして、触れる。滑らかな頬。張りがあって瑞々しい肌。それは、よく知っている感触だった。

ユーリが目を細めて、溜め息を吐く。それでもまっすぐにブリジットを見つめている。

「……もしかして、本当に本物の……ユーリ、様？」

「それ以外の何に見える」

皮肉の効いた返しも、よく親しんだものである。

張り詰めていたブリジットの肩から、力が抜けていく。だがユーリの顔からは、まだ緊張が抜けていなかった。

「冷静になったなら、よく聞いてくれ。――立ち上がって、十歩進んでほしい」

「え……？」

「僕が手を引くから」

先に立ち上がったユーリが、ブリジットに片手を差し出す。

一瞬、その手を取っていいのか戸惑った。これがもし、変身能力を持つプーカの罠だったら
――？

（……いえ。信じましょう、ユーリ様を）

先ほどの、見た目だけ精巧に似せたユーリとは違う。目の前にいるのはユーリ本人だという確信がある。そんな、自分の感覚を信じるしかない。

ゆっくりと立ち上がったブリジットは、右手をそっとユーリに預ける。ユーリはブリジットをリードして後ろ歩きしながら、器用に空いた手で小屋のドアを開けた。

「よし、もう大丈夫だ」

そこからちょうど十歩進んだところで、ユーリが言う。

はぁ、とブリジットは知らず詰めていた息を吐き出す。

手を離さないまま、ユーリはブリジットの背後を険しい顔で見ている。ブリジットも彼に倣うように、ゆっくりと首を動かして振り返った。

そこには――何もなかった。

「え？　小屋は……」

ブリジットは唖然とする。それも当然だろう。つい先ほどまで使っていたはずの小屋が、跡形も

なくなっていたのだから。

しかも小屋があったあたりは、切り立つ崖になっていた。改めて近づいて覗き込むことさえ躊躇われる冷風が、ビュウウと音を立てて吹いている。

「おそらくドゥアガーって……悪妖精の魔法だ」

「ドゥアガーの、ですか？」

「ああ。能力は単純だが、それゆえに強い。ドゥアガーは旅人に幻を見せ、小屋や住居へと誘い込むんだ。だが実際は……」

ユーリの言葉の続きはなかったが、その意味するところは明らかだった。まさにブリジットは、そのドゥアガーが得意とする手口に嵌まっていたのだから。

「わたくしは……最初から、幻覚を見せられていたのですね」

その場にへたり込みそうになるブリジットの肩を、ユーリは支えてくれた。

「僕は目印をつけながら、樹海を回っているところだったんだ。狭間の広さを把握できればと思ってな。だが、あんな小屋は一度も見なかったし……君の甲高い声が聞こえたから」

ユーリが駆けつけた理由を教えてくれる。甲高いは余計だったが。

それを聞き、ブリジットはぞっとせずにいられなかった。もしも偶然通りかかった彼が助けてくれなければ、窓だと思い込んでいた空間から真っ逆さまに落ちたブリジットは、今頃――暗い奈落の底にいただろう。

マジョリーによれば、教員たちの契約精霊が巡回しているし、悪妖精の契約者たちだって人間界から試験の様子を見守っているはずだ。しかし彼らの助けが間に合わない可能性だってあった。

「ありがとうございます、ユーリ様。また……助けられてしまいましたわね」

青白い顔で微笑むブリジットを、ユーリは気遣わしげに見下ろす。

（あんなに息巻いていたのに、情けないわ）

否、やる気に満ちていたからこそ足を掬われたのだ、とブリジットは自省する。プーカの変身を見抜いたブリジットは、その高揚感から日頃の冷静さを失っていた。そのせいで、まんまとしてやられたのだ。

ユーリが普段と変わらない観察力と的確な判断力を発揮しているのを見せつけられれば、どん底まで落ち込みそうになる。しかしブリジットは顔を上げた。

（だからって……意気消沈してはいられない）

これで試験は終わったわけではない。まだ始まったばかりだ。手ひどい失敗を糧にして、ここから先は動いていけばいい。

「さっき、プーカと言っていたな。どこかにプーカもいたのか？」

ユーリも、ブリジットの目が光を失っていないと気づいたようだ。そう問われ、ブリジットはこくりと頷いた。

「はい。罠はひとつじゃなくて……プーカとドゥアガーによる、二段重ねの罠を仕掛けられたようです」

つまりこの狭間では、二体の悪妖精が手を組んでいるということになる――。

「……いや、二体でもないかもしれない」

だがユーリは、思慮深げな顔つきをしている。

「と、いいますと？」

聞きたくないが、聞かざるを得ない状況なのでブリジットはそう促す。

「さっき、満面の笑みを浮かべたニバルとキーラが近づいてきたんだ」

ごくり、とブリジットは息を呑む。

「……まさか。プーカは二体以上いて、ドゥアガーと手を組んでいる――？」

樹海のどこかから世にも恐ろしい笑い声が聞こえたのは、気のせいではなかったのかもしれない。

「ここで途方に暮れていても仕方がないな」

沈黙を破ったのは、腕組みをしたユーリの一言だった。

樹海を見据える彼の瞳は、いっそ冷然としている。

「僕たちがやるべきことは変わらない。悪妖精の妨害に屈さず、狭間から出ること——そうだろう？」

「そう……ですわよね」

堂々としているユーリの姿を、ブリジットは見上げる。

（やっぱりユーリ様は、すごいわ）

マフラーやクライドのこともあり、試験前は彼のことを心配していたけれど……やはり、それはブリジットの杞憂に過ぎなかったのだ。今のユーリは、それを気にする素振りさえ見せていない。

（そういえばプーカもドゥアガーも、水精霊や氷精霊じゃない）

水の一族の人間だからといって、クライドの魔法系統が確定するわけではない。しかしそう考えるのが自然ではある。

となると今のところ、クライドの契約精霊とブリジットたちは遭遇していない。

（そもそも、ユーリ様とクライド様はご兄弟なんだもの。私が学院の人間だったら、試験で二人を関わらせないようにするわ）

今回の試験は、他人の目がない環境で行われている。あとから試験の協力者が身内だったと知られれば、ユーリの不正を疑う声だって挙がるだろう。マジョリーたちが、特定の生徒が不利になるような条件で試験の場を用意するはずがない。

（つまり、今はクライド様と彼の精霊のことは考えなくていい。盗まれたマフラーは、試験が終わってから取り返せばいいのよ）

ブリジットは嘆息する。クライドの言動に踊らされて、策に嵌められていたようだ。

彼は試験中、ユーリに手を出せない。そう思えば少しだけ気が楽になった。

「そうでした。念のための確認ですが……今回の勝負は、先に狭間を出たほうが勝ちというルールでよろしくて？」

「ああ。それで問題ない」

気を取り直したブリジットの確認に、ユーリが軽く頷く。

腰に両手を当てたブリジットは、なるべく強気に見えるように笑ってみせた。

「でしたら今後は、先ほどのような場面に出会しても……わたくしのことは放っておいてくださいませね。これはわたくしたちの、最後の勝負なんですから」

（そうよ。だからユーリ様を頼ってばかりじゃ、だめよ）

この二年間、ブリジットだって魔法学院で多くを学んできた。この期に及んでユーリの頭脳や魔法を頼りにしていては、勝負が成り立たない。

（それに――私は、精霊博士を目指しているんだもの）

人と精霊の関係を円滑にし、二つの種族の架け橋となるべき存在が精霊博士だ。

その中には無論、悪妖精だって含まれる。人から寄せられる依頼の多くは悪妖精に関することだと、以前トナリからも聞いたことがあった。

だからこそ、この卒業試験には自分ひとりの力で立ち向かうべきなのだ。そうしなければきっと、ブリジットの夢は叶わない。

「……それは」

眉を曇らせたユーリが、何かを言いかけたときである。

その瞬間、二人の背後の茂みからガサガサと大きな音がした。びくりと肩を震わせたブリジットは、ユーリに続いて振り返る。

すると、そこから姿を現したのは――。

「あ！　ユーリ！　ようやく見つけ――って、ブリジット嬢⁉」

「えっ？　ブリジット様⁉」

「級長に……キーラさん？」

妖精丘の前で別れたクラスメイト二人を前に、ブリジットの表情は思わず強張る。

というのも、この状況で再会した友人たちに心からの笑顔を向けられるはずもない。先ほどブリジットは、ユーリに変身したプーカと遭遇したばかりなのだ。

考えていることは同じようで、ユーリもニバルたちに強い警戒心を向けている。

「また出たか、偽物め。それ以上こちらに近づくな」

その言葉に立ち止まり、ニバルとキーラが顔を見合わせる。

ニバルは大きな溜め息を吐くなり、後頭部をがしがしと掻いた。

「なんなんだよ、ユーリ。さっきも偽物がどうとか言って逃げやがってよぉ」

(……あら?)

そこでブリジットは首を傾げた。うんざりしているニバルの態度は、ひどく自然なものに思える。

なんというか、いつも通りのニバルに見えるのだ。

「怪しいだろう。お前が僕に笑顔で駆け寄ってくるわけがないからな」

「こんな不気味な場所で知り合いに会えば、誰だって笑顔になるわ！」

ニバルが吠える。

(た、確かに！)

とブリジットが思ってから一拍遅れて、ユーリの肩がわずかに揺れた。同じことを思ったようだ。

「いや、しかし……」

「仲間割れはやめましょうよ。とりあえず、これからどうするか考えないと」

取り成すようにキーラが言う。

「ブリジット様、何かいい案はありませんか？」

「そうね……」

そこでブリジットは、いったん口を閉ざしてから開き直した。

「キーラさん、ちょっといいかしら？」

「なんでしょう」

「ぴーちゃんが見当たらないんだけど、どこかで見かけなかった？」

三人の視線が、一斉にキーラに向く。

「ぴーちゃん、ですか？　いえ、特には……」

見覚えがないようで、キーラは小首を傾げている。

彼女らしい控えめな態度と言葉遣いである。だがそれを聞いた瞬間、ブリジットはくわっと目を見開いていた。

「こっちのキーラさんは、偽物だわ！　たぶんプーカよ！」

「えええっ⁉」

狼狽えるニバル。だがキーラはちっと舌打ちするなり、素早く樹海の奥へと逃げていった。

「ど、どうして分かったんです、ブリジット嬢っ」

「本物のキーラさんなら、あんなに落ち着いてはいられないわ。狙っていたお肉……じゃなくてぴーちゃんがいなくなれば、すぐに捜し回るはずなのよ！」

「さすがブリジット嬢！　キーラの食い意地を完璧なまでに見抜いている……！」

「どんな見破り方だ」

肩を竦めるユーリの横で、ニバルは「お見それしました」と騒いでいる。そんなニバルを、ブリジットは不安げに見つめた。

「ん？　なんですか？」

隠しても仕方ない。大変言いにくいことだったが、ブリジットは素直に白状することにした。

「その……級長は本物かどうか、まだ判断がつかなくて」

ショックを受けた様子のニバルだったが、彼は強気にユーリを指さす。

「それなら、ブリジット嬢――はともかくとして、こっちのユーリも偽物かもしれませんよ」

「安い手段でこちらを動揺させるつもりか？　その手には乗らない」

「俺(おれ)は偽物じゃねぇ！」

「それを証明する手段はあるのか？」

言い争う二人は、すでに険悪な雰囲気になっている。

（……これ、思っている以上に恐ろしい試験ね）

目の前にいる人が、本物か偽物か。

精霊たちの変身術は見事なもので、外見も声もそっくり。試験の真っ只中という状況で、正しい判断を下すのは至難の業である。

合言葉でも決めればいいのかもしれないが、今からそれを共有する相手はそもそも本物なのか判別がつかないのだ。

（それに悪妖精たちは森に姿を潜めて、こちらの会話を聞いているかもしれないし）

「ん？　なんだ、あれ？」

不思議そうなニバルの呟きに、ブリジットは伏せていた顔を上げた。

頭上を見上げるニバルの視線を追ったブリジットは、思わず感嘆の息を吐いていた。

「まぁ……」

生い茂る木々の真下あたりを飛んでいるのは、何十体もの妖精たちだった。彼女たちは背についた美しい羽をぱたぱたと忙しなく動かしては、キャハハ、と明るい笑い声を上げている。

それぞれの手にはお揃いの、白い袋を持っていた。風に膨らんだ袋からはぽろぽろと中身がこぼれ落ちている。地上に降り注ぐそれに目を凝らせば――。

「光る、花……？」

「おい、ブリジット」

警戒しろとユーリは言いたかったようだが、このときばかりは好奇心が勝った。

ブリジットが差し出した両手に、六枚の花弁を持つ花が軽く当たる。その瞬間、花は音もなく弾け、目の前に文字が閃いた。


――落ち合うのは、空を映す湖。

――すべての本物で、星明かりの夜を反転せよ。


（今のは……）

魔力で書かれた文字は、弾ける花を追うように霧散していく。

その美しい光景の意味をブリジットが深く考えるより早く、ユーリが動いていた。

「あの中の数体を撃ち落として、詳しい話を聞くか」

ぽつりと呟くなり、呑気に頭上を飛ぶ妖精たちに向かって片手を掲げるユーリ。

どうやら魔法を使うつもりらしいと気がついたブリジットは、大慌てで目の前の腕に飛びついた。

「いけませんわユーリ様！　あの子たちはきっと、何も知らず試験に協力しているだけなのに！」

「……そうか。いい手だと思ったんだが」

一応、ユーリは攻撃を取りやめてくれたようだ。ほっとしたブリジットだったが、少し遅れて密着しているのに気づいて、彼からそそくさと距離を取る。

「今のメッセージ、どういう意味でしょう？　どれも内容は変わらないみたいですが……」

その間に、ニバルはいくつも光る花を受け取っていたらしい。彼の手のひらに当たって弾ける文字の内容は、すべて同一である。

「空を映す湖、ってことは……少なくとも、このあたりではないっすよね」

ブリジットは妖精たちが消え去った上空を見上げる。絡み合う木々によって覆われた天蓋の隙間から、わずかに空は見えるものの……近くに湖があったとして、これでは水面に空を映しだすことはできないだろう。

「少し歩いただけでも、洞窟や風穴らしいものをいくつも見かけた。天井のどこかに大穴が空いていて、内部に湖があったりすれば……その条件を満たすだろうな」

なるほど、とブリジットは納得した。しかしそれだと大きな問題が発生する。

「……だとすると、とんでもない難題なのでは……？」

ひとつひとつの洞窟や風穴に入り、該当する場所があるか調べていくとなると、どれだけの時間がかかるか分からない。外側から眺めただけでは、内部に湖があるか判別はつかないのだ。

ブリジットは絶望的な気持ちになった。他にも協力してくれるクラスメイトが数人見つかれば、人海戦術が取れるのだが――。

「いや、そうでもないだろう」

「えっ、どうしてです？」

「どうしてって」

ユーリとニバルが顔を見合わせる。

「……ああ、そうか。君には分からないのか」

「なんです、それ？」

ブリジットはむっとした。馬鹿にされているニュアンスを受け取ったためだ。

ユーリにはそんなつもりはなかったらしく、彼は慌てる素振りもなく説明し出した。

「契約精霊が人間界で動き回るには、契約者が魔力を供給する必要がある。これはいいな？」

「はい、それは」

教科書にも書いてあることだと、ブリジットは頷く。

「つまり契約者と契約精霊の魔力経路はお互いに開いていて、常時繋がっている。特に分かりやすいのは、精霊が大量に魔力を消費しているときだ。自分が魔法を使っていなくても誰かが自分の魔力を使っているわけだから、独特の疲労感が発生する」

そこでユーリは、背後を振り仰ぐようにした。

「狭間に落ちてきたときから、僕の魔力はほとんど減っていない。だが頭の中で会話ができないことからも、ウンディーネとブルーはどこかに顕現していると見ていいだろう。強制的に召喚状態にある——と言い換えたほうがいいかもしれないが。魔力が減っていないのは、ここが魔力に満ちた狭間のおかげかもしれないな」

ユーリが「お前はどうだ?」と問えば、ニバルが肯定する。

「エアリアルがいるのは感じるな。近いような、遠いような……変な感じもするけどよ。何度か一方的に話しかけたけど手応えがないのは、この変な感じのせいかもな」

「ああ。何か膜に阻まれているような、妙な感覚だな」

「そう。そうなんだよ!」

まさにそれ、と言いたげに首を振ったニバルが、そこではっとする。

「くっ、俺としたことが……ユーリ相手に深く同意しちまった」

「別にいいだろう。近くて遠いという感触は、僕にも分かるし」

「そ、そうか? というかユーリも魔力消費して疲労とか感じるんだな。けっこう意外だぜ」

「当たり前だろう。僕をなんだと思ってるんだ」

「いつも最上級精霊を喚んで涼しい顔してっから、魔力お化けかと……」

「なんだそのバケモノは」

「お前だお前」

二人の和気藹々（あいあい）とした会話を耳にして、ブリジットは置いてけぼりになっていた。

しかし、ユーリの発言の意味は正確に捉（とら）えていた。立ち尽くすブリジットに、ユーリの指摘が刺さる。

「契約精霊を捜し出して力を借りれば、狭間の探索もそう困難ではないだろうと言いたかったんだが……君は精霊使いとしては相当に特殊な部類に入る。普段から精霊を召喚しているとなると、魔力経路について深く感じたことがなかったんじゃないか？」

ぐぅの音も出ず、ブリジットは俯（うつむ）くようにして頷いた。

もはや召喚している、という認識すら乏しい。ブリジットにとって、ぴーちゃんは傍にいるのが当たり前の存在になっていた。

今まではその姿を見ることも叶わなかった反動ともいえるだろう。その結果、精霊と頭の中で会話をしたり、精霊と繋がったりと、精霊使いならば当たり前のように持ち合わせる感覚を育てることができなかった。視認しなくてはぴーちゃんがどこにいるか見当もつかないのは、そのためだ。

自身の体たらくに落ち込むブリジットを笑うことなく、ユーリは真顔で言う。

「ブリジット。前に全身を流れる魔力について、軽く指導（レクチャー）したことがあっただろう」

「は、はい」

忘れるはずがない。ニバルの家が所有する別荘に招かれた際、ユーリはブリジットの手を取って魔法の使い方を教えてくれたのだ。ブリジットの中を流れる魔力と、ユーリの中を流れる魔力。その違いを感じ取らせるために。

「あのときと同じだ。体内を巡る魔力をよく感じ取れ。そこから伸びる糸は、ぴーに必ず通じているから」

「糸が、ぴーちゃんに……」

実感なく繰り返したブリジットは、こくりと息を呑む。

「難しいなら、また手を貸すが」

手を貸す、というのはこの場合、物理的にユーリと手を繋ぐという意味である。

それを理解しているブリジットは、首を横に振った。

「いえ、大丈夫ですわ」

（ユーリ様と手を繋いだら、ユーリ様のことばかり考えてしまうし）

という本音は、なんとか口に出さずにおいた。

ブリジットは、両の目を閉じて集中力を高める。

（まず、私自身の魔力を感じ取る）

胸に右手を当てる。少し時間はかかるものの、以前とは異なり、体内を巡る魔力の流れや熱を確かに感じることができた。

そこから、深く感覚の世界へと潜っていく。

（次に、私から繋がる魔力の糸を追う）

魔法を使わない限り、出口なく巡るだけの魔力。しかし本当は、契約精霊へと通じる唯一の道がある。

ブリジットから与えられる魔力を使って、人間界に留まってくれているフェニックスへと繋がる道筋が――。

（……これ、かしら）

感覚が研ぎ澄まされていないからか、それはなんとも微弱で頼りない感触だった。

だが確かに、目には見えない細い糸のようなものが目蓋の裏に閃いている。ブリジットの身体を巡る魔力の一部が、その糸を伝って流れているのだ。

（ぴーちゃん、どこにいるの？　ぴーちゃん……）

糸の先を追いながら、言葉ではなく声なき声で語りかける。

ブリジットの思いは、魔力を通じてぴーちゃんのもとへと届くはずなのだ。時折、細すぎる糸の先を見失いそうになりながらも、ブリジットは根気強く呼びかけ続けた。

そうして――ようやく、見つける。

「……いた」

小さく呟く。目を開けたブリジットは、額から流れる汗をぐいと拭った。

「います、ぴーちゃんが。遠いけど、確かにどこかに」

ユーリやニバルが言うような膜――というより、ブリジットには壁のように感じられた。分厚い壁の向こう側に、ぴーちゃんがいる。そう思ったのだ。

「でも、やっぱり声は聞こえませんでしたわ」

「それは仕方ないだろう。ぴーは人の言葉を使わないから」

ユーリはあっさり言うが、疑問に思ったブリジットはニバルに訊ねてみることにした。

「級長。エアリアルもぴーちゃんと一緒で、人の言葉を使いませんわよね」

「はい。さっきも言った通り、いつも基本的にエアリアルからの返事はないんです。なんとなく、了解した、いやだ、みたいなニュアンスだけ分かるっつうか。今は、それもなぜか聞こえないっすけど」

「じゃあ、いずれわたくしにも了解だっぴ、いやだっぴ、みたいなニュアンスは感じられるのかしら？」

ものすごく真面目な口調でブリジットが言うので、ユーリが「ふっ」と噴き出す。

「聞こえるといいな。いつか」

「馬鹿にしてます⁉　馬鹿にしてますわよね⁉」

「そんなことより、メッセージの後半について考えるのが先じゃないか」

ユーリが思いっきり話題を逸らす。ブリジットは拳を握って怒りに震えるが、正論なので言い返せなかった。そもそも時間を使わせてしまったのは自分なのだし。

「それで、ええと？　メッセージの後半について、といいますと……」

――すべての本物で、星明かりの夜を反転せよ。

「すべての本物っつーのは、変身するプーカたち以外の本物の人間……って意味ですかね？」

「そう考えるのが妥当だな。ところでニバル」

ん？　とニバルが首を傾げる。

「先ほどまで、お前はキーラ――に変身したプーカと行動していた。何か気づいたことはないか？」

　態度や会話の自然さからして、目の前にいるニバルが本物なのは疑いようがない。そこでユーリは、彼から情報を得ようと思ったようだ。契約精霊を捜すに当たって、また悪妖精たちが妨害してくるのは間違いないから。

　頭をがりがりと掻いたニバルが、はぁと大きな溜め息を吐く。

「認めるのは癪なんだけどよ……正直、オレには本物のキーラとの違いが分からなかった。この狭間に落ちてきてすぐ、あのキーラと合流したんだ。実際に妖精丘を出発する順番も前後だったから、疑いもなく一緒に行動しちまって」

　ブリジットは密かに、そんなニバルに同情した。偶然なのか、ニバルが相手したプーカはタイミングまで味方につけていたのだ。

　ふむと頷いたユーリが、次はブリジットに目を向ける。

「ではブリジット。君はどうして、目の前にいるのが僕ではなくプーカだと気づいたんだ？」

「えっ」

　そう問われたブリジットは、しどろもどろになる。

　思い返すと、ユーリが駆けつけてくれたのはプーカが逃げたあとだった。プーカ相手に自分なりの推理を散々披露したブリジットだが、あの口上をユーリは聞いていないのだ。

　プーカ相手には自信満々に断言できたものの、改めて本人に伝えるとなると羞恥心が勝る。困ったブリジットは、簡略化した説明に留めることにした。

「それは、その……ユーリ様が級長たちを疑った理由と一緒です。爽やかな笑顔を張りつけたユーリ様が近づいてきたので、これは間違いなく偽物だと気づいたのです」

「ああ、それは間違いないっすね！」

ニバルが賛意を示す。それを聞いたユーリはなぜか、なんともいえない顔をしていたが……。

「では二人とも、プーカの基本的な喋り方やその内容には、違和感を持たなかったわけだな」

ブリジットとニバルはほとんど同時に頷く。

「となると精霊図鑑にある通り、プーカは相手の記憶の一部を読み取ることができる。ニバルの記憶を読み取ってキーラに変身したとすると、実際にキーラが同じ狭間にいるかも分からないな」

「なるほど。そういうことか」

プーカとのやり取りを思い出したのか、ニバルが渋い顔で頷いた。

(そういえばユーリ様に変身していたプーカも、クライド様のことを口にしていたわね)

あれもブリジットの記憶の一部を読み取ったから、クライドの名前を難なく出すことができた。そういうことだろう。

改めて悪妖精への注意を胸に刻んだところで、三人は顔を見合わせた。

「……ではとりあえず、それぞれ契約精霊のところに向かってみる、ということでよろしいでしょうか？」

「了解です、ブリジット嬢！」

「分かった」

方針を確認したところで、三人は歩き出す。

効率を重視するのであれば、それぞれが個別に契約精霊の救出に動いたほうがいいだろう。ぴーちゃんの位置を探る限り、最初にその存在を感じた地点からほとんど動いていない。おそらく、何か自由に動けない理由があるのだ。

加えて目の前の相手が偽物か本物か戸惑うくらいなら、単独で行動するのが正解なのかもしれないが——試験開始早々、ドゥアガーにしてやられたブリジットとしては、はっきりそう提案するのは憚られた。それに他にも思うところがあり、曖昧な言い方をしてしまったのだ。

宙を飛び交う微精霊が、三人の足元を照らす。樹海に深く張る木の根に足を取られそうになりながら、ブリジットは歩を進めていく。

ユーリやニバルほど順調ではないが、魔力を繋ぐ糸をたぐり寄せるようにしながら足を動かす。向かうべき場所がなんとなくでも分かっていれば、狭間を歩き回るのもそう不安ではない。

しばらく進んだところで、ふとブリジットは小首を傾げた。

「……なんだか向かう方向が、ほとんど同じですわね？」

前を歩いていたユーリとニバルも立ち止まる。ブリジットの言葉通り、三人とも足を向ける大まかな方角が一致していた。

となると、考えられることはひとつである。

「精霊たちは、どこか一箇所に集められているようだな」

「となると、このまま一緒に行動したほうが良さそうですわね」

「そういうことなら安心っす！」

力を得たように、ニバルが先導してずんずんと突き進む。そんな彼に遅れないよう足を速めるブリジットに、傍（かたわ）らから声がかかった。

「ブリジット」

「はい？」と視線を向けるブリジットに、ユーリが流暢（りゅうちょう）に語る。

「光る花のメッセージ、それに契約精霊が一箇所に集められていることからも、今回の卒業試験は生徒同士の連携を必須としていると言っていいだろう」

「おっしゃる通りですわね」

やはりユーリも、同じことに気づいていたようだ。

（ユーリ様、ニバル級長、それにもしかしたらキーラさんも）

今のところ狭間で顔を合わせたのは、ブリジットが二年間――より正確には一年足らずの時間をかけて、交流し絆（きずな）を深めた相手ばかりだ。

すべてを偶然で片づけるには、さすがにできすぎている。

（学院側がそう仕掛けた、と捉えるほうが自然ね）

卒業試験は、学院で学んだことの集大成を発揮すべき場である。そこには勉学や魔法だけでなく、学院生活で育んだ人間関係も含まれていたのだ。

つまり、これは最初から個人戦ではない。どれだけ味方を増やして不自由な狭間を動き回れるかが、試験の鍵(かぎ)となっている。

もしもブリジットが、高飛車で傲慢な令嬢のまま試験に挑んでいたなら――たったひとりで、狭間を当てどなく彷徨(さまよ)う羽目になっていたかもしれない。

そんなことを考えるブリジットの横顔に、強く視線が注がれている。ブリジットはおずおずと促した。

「ユーリ様、それで？」

「僕が言いたいのは……この試験内容なら、僕たちは協力せざるを得ないということだ」

「え？　ええ……そうですわね」

ブリジットがまだきょとんとしていると、ユーリが首の後ろに手をやる。

だから、と彼は続けた。

「また君が危機に陥(おちい)ったら、僕が助ける。構わないか？」

（あ……）

そこまで聞いたところで、ブリジットはようやくユーリの言わんとするところを理解した。

ユーリはずっと気にしていたのだ。ブリジットが放っておいてくれと言ったことを。あのとき物言いたげにしていたのは、ブリジットの考えに納得していなかったからだろう。

（ユーリ様は、いつも……）

どんなときも、ブリジットのことを気にかけてくれている。

試験開始直後に失敗を経験したことで、ブリジットは自分でも知らぬ間に気を張って、頑(かたく)なな態度になっていた。そんな気持ちが、ユーリの一言で解されていくのを感じる。

胸元に垂れた横髪を掻き上げて、ブリジットは軽やかに微笑む。

「それは——はい。でも、なるべく自分の力でがんばるつもりですし……それに、あなたに負けるつもりもありませんから」

「ああ。分かっている」

頷くユーリの目が、優しい。その視線が瞬きもせず自分に注がれているのを感じながら、ブリジットはごにょごにょと口を開いた。

「あの、わた、わたくしも」

「なんだ?」

「っい、いえ。なんでもありませんわ……」

オホホ、とブリジットは口元に手を当てて誤魔化す。

（本当は私もユーリ様を守るって、伝えたかったのに！）

緊張して、恥ずかしくて、そんなことはとてもじゃないが言えなかった。

「と、とにかく今は、ぴーちゃんたちを捜すのが先決——いだっ」

そこで急に何かに髪の毛を引っ張られて、ブリジットは小さな悲鳴を上げた。

「ブリジット?」

「ブリジット嬢?」

「少々お待ちくださいませ。ええっと……」

枝か何かに、髪が引っ掛かってしまったのだろうか。ブリジットが髪を解こうとすると、次は何かに突き飛ばされた。

「ひゃっ」

よろめきながらその場に踏みとどまったブリジットが、困惑しながら背後に目を向ければ——そこに、ある人物の姿があった。

（……え？）

ブリジットは硬直した。微精霊の光に照らされた横顔にも、揺れる長い髪色にも、よく見覚えがあったからだ。

「ユーリ様！　ニバル級長！」

そう二人に呼びかける声すら、よく知っている。唇をわなわなと震わせたブリジットは、その人物の顔を指さした。

「わ、わたくしが——」

「ブ、ブリジット嬢が二人⁉」

ニバルも狼狽えて、交互に二人のブリジットを見比べている。

ブリジットの眼前に立っているのは、鏡合わせのようにそっくりな姿をした少女だった。

結い上げた特徴的な赤い髪に、細身な身体にまとうのは実技用の指定服。珍しい翠玉の瞳や、強気な表情筋まで瓜二つだ。

そんな自分にそっくりな少女——プーカと思われる——が、鋭くブリジットの胸元を指さす。

「騙(だま)されないでください。そちらはプーカですわよ！」

「え、ええっ？」

呆然(ぼうぜん)としていたブリジットは、偽物呼ばわりされて動揺した。

が、狼狽えている場合ではない。プーカの思惑は明らかだった。ブリジットの髪を引っ張り、転ばせようとしたプーカの狙いは、ブリジットに成りすますことにあるのだ。

――このまま黙っていては、自分のほうが偽物にされてしまう！

「ちょ、ちょっと！　ユーリ様、級長、本物はこっちですわよっ」

「あらやだ、なんなんですのっ？　わたくしが本物のブリジット・メイデルですわ！」

鼻息荒く髪を払うブリジットは、自分で言うのもなんだがブリジットそのものに見える。

（そ、そっくりだわ。……じゃなくて！）

「ち、違います。わたくしが本物で！」

「嘘(うそ)はおやめなさい。わたくしこそが本物で！」


「「――だから、わたくしが！　本物なの!!」」


頬(ほお)を紅潮させながら、二人のブリジットは睨(にら)み合う。

「すげぇ、息ぴったりだ……」

「それにすごい迫力だな」

白熱する言い合いに、ニバルは手に汗握り、ユーリは呑気に感心している。これでは埒があかない、とブリジットは髪を掻きむしった。

「んもう！　だからわたくしが、本当に本物の本物でして！」

「それは分かっている」

かと思えば、ユーリが冷静に呟く。

どういう意味だろうとブリジットが困惑すれば、ユーリはもうひとりのブリジット――プーカのほうをあっさりと指さしてみせた。

「そっちが偽物だ。ニバル、捕縛できるか？」

「おうっ⁉　ええっと」

急にユーリに指示されたニバルがもたつく。

その隙にプーカは逃げていた。鬱蒼とした樹海を、慣れた足取りで駆け抜けていってしまう。

「逃げられたか。次は捕まえないとな」

「……えっと、ユーリ様。どうしてわたくしのほうが本物だと分かったのです？」

そこでユーリが、ブリジットの足元をちらりと見やる。

（あっ）

その視線を追って、ようやくブリジットは気がついた。

ブリジットの右の靴紐の間に、小さなピンク色の花びらが挟まっている。さすがのプーカも、そこまで細やかな変身はできないのだ。

（ユーリ様ったら。いつの間に、こんなものを仕込んでいたのね……）

ブリジットは舌を巻いた。ユーリだけは、この混迷の状況でも先を見ている。

「何度も通じない手だとは思うがな」

「……でもそれなら、先ほどのプーカを羽交い締めにしてでも捕まえるべきだったのでは？」

ニバルを頼らず、ユーリが自分の手で、あるいは魔法を使って捕まえれば良かったのだ。

しかしそれを聞くなりユーリは眉根を寄せた。

「僕にできると思うのか」

「え？」

「君と同じ顔をした相手を、傷つけられるわけがないだろう」

「は――、はいぃっ⁉」

ブリジットは素っ頓狂な悲鳴を上げた。

ぶわり、と頬が熱を帯びる。こんなときに、いったいユーリは何を言っているのだろう。

「だ、大事な卒業試験の真っ最中なんですよ？　そんなこと言ってる場合じゃないでしょう！」

「僕は単に事実を述べただけだ」

「じ、じじ、事実って！」

そこでふいに、ユーリが首を巡らせた。

「待て、ブリジット」

「なんです⁉」

興奮したブリジットが摑みかかるより早く、焦りのにじむ声でユーリが言う。

「ニバルがいない」

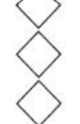

言い争う二人を、蚊帳の外で見つめながら。

(ブリジット嬢、本当にユーリのことが好きなんだな……)

もともと、ブリジットがユーリに特別な感情を抱いていることには気がついていた。だがニバルは不安だった。ユーリは肝心なところで、いつもはっきりしない男だったからだ。

しかし建国祭のあと、ユーリは変わりつつあった。

きっとあの日、二人の間に何かがあったのだろう。ユーリとブリジットの仲が深まっているのは傍目からも明らかだった。

(なのにユーリのヤツ、急にマフラーも着けてこなくなって……)

そのとき、視界の端で何かが動いた。

驚いて目を向けると、茂みに隠れるようにしてキーラが座り込んでいる。ニバルと目が合うと、すぐに顔を引っ込めてしまったが。

もしかして偽物扱いされるのが怖くて、出てこられないのだろうか。

ニバルが迷ったのは一瞬だった。どうしてもキーラを放っておけないと思ったのだ。

それにもしプーカなら、先ほどブリジットの振りをしたプーカのように堂々とやって来るはずだ。

そう思い込みたいだけかもしれなかったが、ニバルは結論づけてブリジットたちの傍を離れていた。

なるべく静かに近づき、キーラの後ろ姿に声をかける。

「なぁ、本物のキーラ……だよな？」

しかしキーラは何も答えず立ち上がると、一目散に走り出してしまった。

「お、おい⁉」

やはり罠なのだろうか。

今さら後悔しかけるが、後戻りはできない。見失わないよう、ニバルはキーラを追いかけた。

生い茂る草を払いながら、ほとんど変わらない景色の中を数分間は走り続けただろうか。息を切らしてキーラが立ち止まったので、ニバルもその後ろで足を止めた。

振り返ったキーラは涙ぐんでいた。その衝撃で、呼吸を荒くしていたニバルの息が詰まる。

「ど、どうし……」

「級長は、まだブリジット様のことが諦められないんですか？」

「んなっ」

直球の物言いに、ニバルは頬を赤くした。

「あ、諦められないも何も……そもそも俺は、ブリジット嬢のことを異性として見てるわけじゃない！」

ニバルの願いは、敬愛するブリジットの幸福である。

彼女がいなければ、エアリアルを暴走させたニバルは魔法学院を退学になっていたかもしれない。

ジョセフに捨て駒として扱われた挙げ句、人生を棒に振っていたかもしれないのだ。

そんなニバルを救ってくれたのがブリジットだ。だから、彼女のことを恩人のように慕うのはニバルにとって当然のことだった。

「じゃあ、わたしのことは？」

「キーラ？　いったい何を……」

「わたしのことはどう思ってるんですか！」

「ど、どう思ってるも何も——」

自分で言っておいて恥ずかしいのか、キーラは顔を真っ赤にしている。

そうしていると普段は減らず口ばかり叩くキーラが、急にか弱い女の子のように見えてきて……

ニバルはどくどくと激しく鳴る心臓を、服の上からぎゅっと押さえた。

（もしかして、俺は……キーラのことが、す、好きなのか？）

彼女との様々な思い出が胸に甦る。

以前はほとんど話したこともなかった少女だ。長い前髪に隠れるようにして、俯きがちに過ごす地味なクラスメイトのことをニバルは軽視していた。名前だって覚えていなかったくらいだ。

しかしブリジットとの出会いが、ニバルだけではなくキーラをも変えた。キーラはニバル相手にも臆さず自分の意見を伝えるようになり、よく笑うようになった。

そしてニバルは彼女に誘われて、建国祭を記念したダンスパーティーにも出席したのだ。
――『どうです、級長? ふふふ、ブリジット様の髪色のドレスですよ!』
笑いながらくるりと回ってみせたキーラは、とてもきれいで。
――『やっぱりおかしいですかね? わたしにこんな目立つ色は合わないかも』
何も言わないニバルにそう苦笑するものだから、思わず細い肩を摑んで言ったのだ。
――『き、きれいだぞ。俺が保証する』
飾り気のない不器用な褒め言葉だった。でもキーラは、そんなニバルにはにかんでくれた……。

「――何してるんですか、級長!」


甘い回想に浸っていたニバルの意識が、その一喝で急浮上する。

驚いて顔を向けると、向かい合うキーラの近くに、もうひとりのキーラの姿があった。

(キーラが二人……!)

まただ。先ほどのブリジットと同じ。

おそらくどちらかがプーカなのだろう。しかしニバルはユーリがブリジットをあっさりと見分けたように、どちらがキーラかを言い当てることはできない。

(くそっ……)

悔しさに歯噛みする。だがやって来たばかりのキーラは、軽い調子で両手を叩いた。

「とか、怒鳴ってみましたけど……よくよく考えると、この級長が本物とは限らないわけですよね。よしっ、決めました。ちょっと怖いけど、わたしはこのままひとりで行動します。さようなら！」

（このあっさりとした感じは！）

気がついたニバルは、思わず駆け寄って手を伸ばしていた。

「こ、こっちだ」

「「は？」」

「こっちが本物のキーラだ！」

手を握れば、キーラが目をぱちくりとさせる。もうひとりのキーラは顔を歪ませて逃げていったが、ニバルはそちらに見向きもしなかった。

二人の間に沈黙が流れる。

握ったままの手を困ったように見られたところで、ニバルは慌てて離した。

「……びっくりしました。級長のくせによく分かりましたね」

「くせには余計だろっ」

文句を言いつつ、ニバルは口早に説明する。

同じ空間に本物のブリジットとユーリがいること。

光る花によって伝えられたメッセージと、契約精霊たちが一箇所に集められているらしいこと。

プーカやドゥアガーが、罠を張り巡らしていること――。危機的状況だということを存分に伝えたつもりだったが、話を聞き終えたキーラはなぜか大喜びしていた。

「卒業試験でもブリジット様とご一緒できるなんてっ。最高です。ツイてます」

「なんだそりゃ」

飛び跳ねんばかりの喜びっぷりに、ニバルは噴き出してしまう。

「でも、そうだな。最高だ。ブリジット嬢と一緒なんだから」

「でしょう、そうでしょう！」

「それに……」

ちら、とニバルは見やる。目が合うと、キーラが首を傾げた。

「それに？」

「……いや、なんでもない」

ぼりぼりと頰をかいたニバルは、靴の踵で地面を蹴って歩き出す。

「いいから、エアリアルとブラウニーのところに行くぞ。ブリジット嬢たちを捜すより、そこで合流したほうが早い」

「そうですね」

特に異論はないようだったが、キーラが今さらのように小首を傾げる。

「そういえばプーカとは、なんの話をしてたんです？」

（お前の話だよ……）

とは、口が裂けても言えないニバルなのだった。

第五章 君がいたから

ブリジットとユーリは、二人で道とも呼べない獣道を進んでいた。

「ニバル級長、大丈夫でしょうか……」

ブリジットはふぅと溜め息を吐く。

ブリジットとユーリが言い合いしているうちに、ニバルは行方をくらませてしまったのだ。同じような景色が続く樹海を当てもなく捜すより、契約精霊のもとに向かうほうが合流の可能性は高いと踏んで動き出したわけだが、心配なのは変わらない。

だが、前を歩くユーリの足取りに迷いはない。

「あいつは、そう簡単にやられるタマじゃないだろう」

「そう……そうですわよね」

ニバルはクラスの代表を務めるほど優秀な学生だ。言動に荒っぽいところはあるが、誠実な人柄の青年である。

友人の身を案じるのは当たり前のことだが、彼なら大丈夫だと信じることも肝要だった。

(普段は憎まれ口を叩いているけど)

ユーリは少なからずニバルの実力を認めているし、信頼しているのだろう。本人に訊ねたところで、素直に認めることはないだろうが。

「……ここか」

やがてユーリが立ち止まったのは、巨大な岩洞穴の前だった。

無力な人間を呑み込むかのように、縦にも横にも大きく開かれた口からは、ヒュウウと風吹く音がする。暗く冷たい内部を眺めやり、ブリジットは瞑目する。

「ブリジット。君も感じるか?」

「……はい」

目を開いてから、ブリジットはこくりと頷いた。壁のようなものを隔てている印象は変わらないが、ぴーちゃんとの距離は確実に近づいている。

迂闊に踏み込むのは危険なので、まずはブリジットの炎魔法で、用意した松明の先端に火をつける。安全性のためお互いに一本ずつ松明を持つと、洞穴の中を歩き出した。

「なんだか、いやな雰囲気ですわね」

じめじめとした空気。岩の陰から今すぐにでも何かが飛び出してきそうな気配に満ちた洞穴を、警戒しながら進んでいく。

内部はいくつも道が分かれているので、ときどき行き止まりに突き当たってしまうこともあった。契約精霊のだいたいの位置が分かっても、最短距離で突き進もうとすれば否応なしに行き止まりにぶつかってしまうのだ。これについては仕方ないので、割りきって何度も引き返し、奥へ奥へと突き進んでいく。

「あっ」

途中、ふらついたブリジットは、慌てて両足に力を入れた。

というのも無理もないことだった。人間界と時間経過が異なる狭間(はざま)の夜は、一向に明けないまま
だが——かれこれ数時間は歩き通しなのだ。

少しずつ疲労は肉体に、精神に蓄積されていく。

「う……」

小さく呻(うめ)いたブリジットは、自身の頭を押さえる。

疲れのせいか、妙に頭が痛い。しかも時間が経(た)つごとに、その痛みは大きくなっていた。

(何かしら。この、異様な痛みは……)

ずきずきと痛むこめかみを押さえながら、俯(うつむ)きがちに歩く。足元の水溜(みずた)まりを思いきり踏んでし
まったが、避ける気力もなかった。

「っ？」

ブリジットは驚いて肩を揺らす。耳元を、何かに突かれたような感触があった。

とっさに手をやるが、何にも刺されていないし血も出ていない。しかし直後、急に何かのメロ
ディが耳の奥に流れ込んできた。

(これは……歌声？)

否、本当は——もっと前から聞こえていた声だった。

洞穴の隅々まで通り抜けて反響する音を、ブリジットは空気が通り抜ける音だと勘違いしていた。

だが奥に進むにつれ、それは輪郭を露わにしていた。

艶のある女性の歌声だ。思えばそれが聞こえ始めたときから、頭がずしりと重くなっていた。

聴いたことのないメロウな旋律は、言い知れぬ不安を呼ぶ。美しいはずの歌声が心が掻き乱し、恐怖ばかりが泡のように胸に浮かんでくる。

とうとうブリジットは足を止めた。だが両手で耳を塞いでも、歌声は止まない。

「ユーリ様。これは……」

「ブリジット。すぐに引き返せ」

「……え？」

立ち止まったユーリは、振り返らずに続ける。

「分かるんだ。この先に待つのはウンディーネたちだけじゃない。――クライドの契約精霊も、そこにいる」

「えっ……」

その姿を認識したわけでもないのに、ユーリは確信を持った口調で言う。ブリジットは顔を顰めながら問いかけた。

「分かるって、どうして」

「僕は何度も、あいつの精霊の魔法を喰らってきたから」

その言葉の意味をはっきりと理解するまで、ブリジットは相応の時間を要した。

（……まさか）

ブリジットの父デアーグと、同じ。

――クライドはユーリ相手に、精霊の魔法を使ったのだ。

しかも、何度もとユーリは言った。そういったことは一度や二度ではない。ユーリにとって、いちいち回数を数えきれないくらい繰り返されてきたことなのだ。

「この歌声は女性に大きな害は与えない。せいぜい頭痛を覚えるくらいだと思うが……それでもかなり辛いだろう。ここで引き返せば、少しは楽になるはずだから」

「ユーリ、様……」

ブリジットの表情が軋み、喉が震える。

ようやくこちらを見たユーリは、ほとんど泣きそうな顔をして立ち尽くすブリジットを安心させるように微笑んだ。

「手紙でも伝えただろう。ここから先は、僕ひとりで行く。君は何も心配しないでくれ」

「……っ」

「クライドの精霊を排除したら、勝負の続きに戻ろう。……またあとで」

「っ待って、ユーリ様……！」

呼び止めても、もうユーリは振り返らない。

伸ばした手は何も摑めない。呆然としたブリジットだったが、そこで引き返す気は少しも起こらなかった。

「立ち止まってる場合じゃ、ない……！」

萎える両足を叩き、自分を叱咤する。

心配しないだなんて、無理だ。ブリジットにとっては不可能な話だった。

「わたくしだって、ユーリ様を……守りたいん、だからッ」

決死の思いで汗のにじむ顔を上げ、足を前に踏み出す。

ユーリに追いつきたい。すぐに追いつかなくてはいけない。だが前に向かうほど歌声が大きくなってきて、頭が割れんばかりに痛む。

「うっ……」

強い吐き気を覚えたブリジットは、震えながら唇を噛む。松明を取り落としてしまったが、湿った壁に手を伝わせながら足を無理やり動かす。一度でも立ち止まってしまえば、もう二度と踏み出せないと思ったのだ。

分からないのは、クライドの契約精霊の正体である。プーカやドゥアガーの仕業とは思えない。未知の歌声ではあるが、彼らの能力とは毛色が違う。

(フィジアル、ケルピー、グリンディロー、レッドキャップ、ウォーター・リーパー、グイシオン……)

思いつく限り、水に関わる悪妖精の名前と、その能力を回らない頭で思い出す。

(それにマーメイド、セイレーン、ニンフ……)

歌声で人を惑わす種は多く、いくらでも名前が思いつく。

(でも、これは……)

ブリジットが答えに辿り着くより先に、目の前の景色が開けていた。

反射的に閉じかけた目蓋を、ゆっくりと開く。そこには美しい光景が待ち受けていた。

――広がるのは、満天の星を映して輝く湖。

洞穴の天井部分は完全に崩落している。内部を歩いている間に樹海からも離れたのか、それとも崖のあたりなのか。絡みついた木々が遮ることなく、星の光は湖まで届いている。

（そうか……最初から契約精霊たちは、湖の近くにいたのね）

メッセージが指定した湖とは、契約精霊の待つ場所そのものを指していたのだ。

だが、ぼんやりと見惚れている暇も、ぴーちゃんたちを捜している暇もない。湖の中心にある岩場には、半魚の精霊が腰かけていたのだ。

青緑色の肌をした精霊は、湖の前に立つユーリを見るなり、美しい顔が裂けんばかりに口角を上げている。

ブリジット自身が、目が合ったわけではない。それでも背筋をぞわり、と悪寒が走り抜けていく。

「……ルサー、ルカ」

ルサールカは、半魚の姿をした悪妖精である。

外見自体はマーメイドに似通っているとされているが、恐るべきはその能力だ。ルサールカは歌声を用いて人間の男に幻覚を見せる。そして呆然自失しているところを水の中に引きずり込むという――。

（クライド様の契約精霊は、ルサールカだったのね！）

肩で荒く息を吐きながら、ブリジットはユーリのもとへと向かおうとした。

そのとき、歌い続けるルサールカに向かって、ユーリが怒気のこもる口調で言い放った。

「ルサールカ。そのマフラーを、返せ」

その言葉に、ブリジットは目を見開く。

よく見ればルサールカの細い首には、黄色いマフラーが巻いてある。見覚えのあるそれは間違いなく、ユーリのためにブリジットが編んだものだった。

『イィ？』

邪悪な笑みを湛えたルサールカが、右に左に首を傾ける。

だが、ルサールカは水かきのある手で大人しくマフラーを外してみせた。そのせいでブリジットは一瞬だけ気を抜いた。

（意外だわ。返してくれるのかしら……）

しかしルサールカの悪意は、想像を超えていた。

湖に向かって進み出ようとしたユーリの眼前で――ルサールカは笑い声を上げながら、マフラーの編み目に指を入れたのだ。

「っ！」

ブリジットは口に両手を当てた。

止める間もなくルサールカの手によって、マフラーが引き裂かれていく。ユーリの瞳の色を想いながら選んだマフラーはあっという間に裂かれ、解かれた毛糸が無残に水面に散らされた。

「…………」

それをユーリが、どんな表情で見ていたのかは分からない。急いで彼の背中に近づいていったブリジットは、恐る恐る声をかけた。

「ユーリ、様？」

返事はない。

戸惑うブリジットの目の前で、ユーリの膝がくずおれた。地面に座り込んでしまうユーリの肩を、駆け寄ったブリジットは慌てて支える。

「ユーリさ――」

正面に回り込んでその名を呼ぼうとして、ブリジットははっとした。

全身が弛緩したユーリの目は、異様なまでに澱んでいた。両目は開かれているのに焦点が合っておらず、ブリジットが傍にいることにも気づいていないようだ。

「これは……！」

ルサールカはユーリの精神に大きな負荷を与えて、追い詰めたのだ。今のユーリは、ルサールカの見せる幻の世界に引きずり込まれてしまっている――。

「ルサールカ！」

ブリジットはユーリを支えたまま、ルサールカを鋭く睨んだ。

『イハハッ！』

しかしルサールカは何が楽しいのか、手を叩いて笑い声を上げている。ブリジットの存在など、歯牙にもかけていないようだ。

（ルサールカの狙いは、最初から……ユーリ様だったんだわ）

きっとユーリを嫌うクライドの指示によるものだろう。マフラーまで用意して待ち受けていたのが、何よりの証拠だ。

「まだ……まだ間に合うわ」

ブリジットは、ユーリの様子を食い入るように観察する。

そうしてみて、すぐに分かった。惚けたように開いたままの唇からは、白い何かが漏れ出ている。

アルプがアーシャから精気を吸い続けていたのと同じだ。ルサールカが、ユーリの精気――魂とも呼ぶべきそれを、吸い出そうとしている。

（ルサールカは、アルプのように交渉が通じるタイプじゃない気がする）

一度も人の言葉を発していないことからも、それが窺える。

その場に膝をついたブリジットは、ユーリの頬を両手で包み込んだ。

ぞっとするほど冷たい肌だった。もはや一刻の猶予もないことを、ブリジットは悟る。

交渉以外に思いついた方法が、ひとつだけあった。ルサールカの魔法は男にしか通用しない。そんな中、ブリジットがユーリの意識に干渉するには――。

（あとで、このことを知ったら……ユーリ様、どんな顔をするかしら）

建国祭の夜。顔を近づけてきたユーリに、ブリジットはだめだと言った。

それなのに今、ユーリの意思を確認せずに触れることを、彼は許してくれるだろうか。

「ユーリ様……ごめんなさい」

ブリジットは、ユーリの乾いた唇に自身のそれを重ねた。

君には一度も、言えたことがないけれど。

初めて会ったとき、あんまり可愛(かわい)らしいものだから、天から降りてきた妖精かと思ったのだ。

「――きれーい！　青空の下で咲く、たんぽぽみたい！」

そんなことを言われたのは生まれて初めてのことで。

ユーリは驚きながらも、石畳の敷かれた玄関ポーチに立つその子の顔を見返した。

肩のあたりまでふわふわと伸びた真(ま)っ赤(か)な髪の毛。弾(はじ)けそうなほどの好奇心を宿してまぶしく輝く、翠玉(エメラルド)の瞳。

それこそ花の咲くような笑顔を浮かべて、女の子はユーリの顔を覗(のぞ)き込んできた。

「ごめんなさい、急にびっくりしたっ？　あのねっ、あなたの目がたんぽぽみたいな色だから！」

内緒話をするように口元に手を当てながらも、大きな声で教えてくれる。無邪気な表情があまりにも可愛らしくて、ユーリは赤くなって俯いた。

「……今日、朝から雨だよ？」

初夏らしからぬ、空気が冷え込んだ朝だった。しかも雨まで降っているのだから、青空の下とい

う形容は正しくない。

気の利かない返事をすれば、女の子は目を丸くして、空のほうを指さした。

屋根の下から出てしまったとたん、その赤い髪やドレスが見る見るうちに雨粒で濡れていく。でも本人はお構いなしに明るい声で言うのだ。

「あら、でもよく見て。このあたりは、空がまだ晴れてるじゃない」

「あ……」

屋根の下からおずおずと顔を出したところで、本当だ、とユーリは驚いた。

いちいち空を見上げるなんてしないから、ユーリは気づかなかったのだ。でも彼女はきっと毎朝、目が覚めるたびに空を眺めている。ユーリのように背を丸めて、俯いたりはしない。

「私ね、晴れてるのに雨が降るなんて、水の精霊たちが悪戯してるんじゃないかって思ってたの！ねぇ、たんぽぽさんはどう思う？」

ユーリの名前を、まだ両親から知らされていないらしい。そんなふうに呼ばれて、ユーリの頬はさらに赤くなる。

（たんぽぽさん……）

この目の色は、母から受け継いだものだ。

でも腹違いの三人の兄は、全員が青や薄青色の瞳をしている。彼らと同じ空間にいると、ユーリはどうしても気後れした。だから黄色い目を誰かにきれいだと言ってもらえる日が来るなんて、思いもしなかった。

「ブリジット、そろそろ行くぞ」

「はーい、おとうさま！」

「ブリジット、寒くはない？　上着を持ってきたほうがいいかしら？」

「大丈夫よ、おかあさま」

両親に呼ばれたその子――ブリジットは、慌ただしく馬車のほうに向かおうとする。

気がつけばユーリは、その小さな背中を追いかけていた。

「あ、あの！」

「うん？」

ブリジットが振り返る。ユーリは散々言い淀(よど)んでから、どうにかその言葉を口にした。

「お……お誕生日、おめでとう」

返ってきたのは、やはり花のような笑顔である。

「ありがとう、たんぽぽさん！」

潑剌(はつらつ)とした声で返してきた彼女は、思い出したように「それでは、ごきげんよう」と礼をとった。

がんばって大人の真似(まね)をしているのが窺えて、微笑ましい仕草だった。

馬車に乗り込む晴れ晴れしい横顔に、これ以上の言葉をかけるのは憚(はばか)られた。今日、誕生日を迎えたブリジットはこれから神殿に向かい、契約の儀に臨むのだ。

「早くにお訪ねしてしまいすみませんでした、メイデル伯爵」

「おきになさらず、オーレアリス公爵夫人。家の者に庭でも案内させようと思っていましたが、あいにくの天気ですからね……」

「いいえ、お構いなく。お心遣いに感謝いたします」

ブリジットの父と、ユーリの母の間で話はまとまったらしい。

しばらくして馬のいななきが聞こえた。両親と共に馬車に乗ったブリジットが去っていく。

突っ立ったままのユーリの背中を、ぽんぽんと母が叩く。

「ユーリ。ブリジットお嬢様は、とても可愛らしい子だったわね」

母にそう話しかけられたけれど、ユーリは恥ずかしくてなかなか返事ができなかった。

代わりにくしゅん、と小さなくしゃみをすると、メイデル家の執事が声をかけてくる。

「応接間の暖炉に火を入れてあります。そちらで身体を温めてください」

「ありがとうございます。……行きますよ、ユーリ」

母に呼ばれ、ユーリはこくりと頷いた。

――ブリジット・メイデルは、ユーリの婚約者になる予定の女の子だ。

ブリジットは優秀で、周囲からは神童と呼ばれているらしい。名のある上級精霊か、最上級精霊と契約するのはまず間違いないと周囲から目されている。

契約精霊が定まってから婚約の話を進めるのが一般的だが、母はユーリの不安定な立場を案じ、早急に手を打つことにしたようだ。

オーレアリス家の長男――ユーリの八歳年上のノエルは、最上級精霊との契約を果たした。

ノエルは夏の凪(な)いだ海のような髪に、薄青色の瞳をした端整な顔立ちの少年である。年齢からは考えられないほど泰然自若(たいぜんじじゃく)としており、大らかな雰囲気を持った彼を、出会った頃からユーリは密(ひそ)かに慕っていた。

炎の一族に苛烈(かれつ)な人間が多いと言われるように、水の一族に生まれる人間は多くが二つの性格に分かれると言われている。水のように清廉か。氷のように冷たく厳しいか。心優しく聡明(そうめい)なノエルは、明らかに前者の特徴を有していた。

しかしノエルは、生まれつき身体が弱かった。彼の母親の命を奪ったのと同じ病を抱えていたのだ。病弱で痩せぎすな彼は親族会議に出席するのも難しく、社交界にもあまり顔を出さない。その地位は盤石とは言いがたいものだった。

ノエルのあと、次男のレスターは中級精霊、三男のクライドは上級精霊と契約した。となるとクライドに期待が寄せられそうなものだが、それが悪妖精との契約だったために、クライドもまた後継者として相応(ふさわ)しくないという判断を下される。

そこに再び波紋を呼んだのが、ユーリである。

(僕が、最上級精霊……それも二体と、契約したから)

フィーリド王国の建国以来、例のない奇跡を体現した少年としてユーリは称賛された。

国王からは勲章を授与されると同時、領土を与えられて爵位を得た。

親族や臣下の一部は、ユーリこそがオーレアリス家の頂点に立つに相応しい人物だと囃(はや)し立てた。後妻の子であり幼いユーリなら御しやすく傀儡(かいらい)にしやすいとか、そこには各々の立場による思惑が絡んでいたのだろう。

長男のノエルと四男のユーリ、どちらがオーレアリス家を継ぐべきなのか――家門の意見は真っ二つに分かれ、ただでさえ緊張を孕む兄弟関係には大きな亀裂が入った。

クライドは母の目の届かないところで、腹いせのようにユーリをいじめるようになった。家の教育方針で、ユーリは母の顔より家庭教師の顔を見ることのほうが多かったから、それは難しいことではない。レスターは積極的に加担こそしないものの、クライドを止めることもなかった。

彼ら兄弟は、長兄のノエルこそがオーレアリスの名を継ぐのに相応しいと認めている。だからユーリが邪魔なのだ。ユーリ自身は後継者の地位をノエルから掠め取ろうなんて考えたこともないが、そんなことは関係ないのだろう。

貴族には――特に四大貴族ほどの上級貴族ともなれば、こんなのは大して珍しくもない話だ。

貴族家に生まれた人間の命運は、契約精霊に託される。精霊によって幸福になることもあれば、不幸になることもある。ただそれだけの話。

(だからお母さんは、僕をなるべく早く家の外に出したいんだ)

あの屋敷で、ユーリが円満に生活していくのは難しい。これは愛情ゆえの母の決断なのだと、ユーリは幼心に理解していた。父も反対しなかったようなので、やはり一族内に争いの種を置いておきたくはなかったのだろう。

ユーリはブリジットと婚姻を結び、いずれ炎の一族の一員となるのだ。ユーリとブリジットの間に生まれた子どもは、将来メイデル伯爵位を継ぐことになる。

まだブリジットは何も知らされていないようだが、彼女の明るい笑顔を思い出すと、それだけでユーリは気持ちが安らぐような気がした。

婚約とか結婚とかは、五歳のユーリにとって気の遠くなるような話だけれど。

（あの子が神殿から戻ってきたら、もっと……話しかけてみよう）

精霊が大好きだという彼女と、いろんな話をしてみたい。

その機会が訪れないだなんて——そのときのユーリは、夢にも思わなかったのだ。


「ッッ！」

喉が引きつれるような叫び声を上げて、ユーリの意識は覚醒した。

額を、頬を、だらだらと気持ちの悪い汗が伝っていく。熱っぽい痩せた身体を思い通りにできず、ユーリは視線だけを動かして自分の居場所を確認した。

ユーリが横たわっているのは自室のベッドだ。

しかし、直前の記憶は違っていた。湖畔のほうから女の歌声が聞こえてきたのだ。誘われるように部屋を出て、ユーリは屋敷の敷地内にある湖へと向かっていたはずだ。

そのとき、ノックの音がした。ぎくりとしたユーリは、目蓋を閉じて寝ている振りをする。

部屋に入ってきた二人分の足音は、ベッドの前で立ち止まった。

数秒間、ユーリの様子を窺うような沈黙があったあと、ひそひそと頭上から話し声が聞こえた。

「クライド。金輪際、ユーリに対して馬鹿な真似をしないでくれよ」

「でもさ、ノエル兄さん」

「でもじゃない。悪妖精の力で弟を傷つけるなんて、どうかしてるぞ」

話し声からして部屋に入ってきたのは、ノエルとクライドのようだった。

（ノエル兄さん、帰ってきたんだ）

最後に聞いたときより、ノエルの声には張りがある。それにほっとするユーリの傍で、二人の会話は続いている。

「……昨日は、ルサールカが勝手にやっただけだ。普段はこんなこと」

「契約精霊もまともに制御できずに、偉そうにするんじゃない」

厳しい口調で叱られ、クライドが押し黙る。

会話の内容から、ユーリはだいたいのところを察した。きっとノエルが、湖に誘われたユーリをすんでのところで助けてくれたのだろう。

ルサールカの恐ろしいところは、歌声によって相手に過去の幻影を見せることにある。最近は以前より、その効き目が強い。その理由をユーリは自覚していた。

ルサールカの声を耳にすると、いつも、ブリジットの顔が思い浮かぶのだ。

最初に笑顔。ユーリの瞳を、たんぽぽだと言って笑う声がする。

次に、痛みに耐えられず泣き叫ぶ姿。左腕を暖炉の中に突っ込まれたブリジットは、それでも父親に許しを乞うていた。そんな彼女のもう片方の手を握り締めながらも、ただ見ていることしかできない自分の記憶が、現実のように甦（よみがえ）る。

何度も、何度も、何度も。何度も、何度も、何度も、何度も、その光景だけが。

無意識のまま、ユーリは毛布の下で自身の左手を震えるほど握り締めていた。

「なぁ、兄さんは悔しくないわけ。コイツのせいで、郊外の屋敷にまで追いやられて！」

「――クライド」

「ッ」

目蓋を閉じていても、クライドがびくりと肩を震わせたのが分かった。

温厚な人が怒るのは、怖いのだ。それが常日頃から誰よりも穏やかなノエルならば、尚更なこと。

「君にそんなデタラメを吹き込んだのは、誰だい？」

一族の人間の名前を、ノエルがいくつか口にする。クライドが途中「あ……」と弱々しく漏らした声が、答えだったようだ。

ふぅ、とノエルが小さく息を吐く。

「君が彼らに、何を言われたのかは知らないけど……私は療養のために、自分の意志でここを離れていたんだよ。ユーリを悪く言うのは、お門違いだ」

「でも……」

「私はね、ユーリのことが好きだ。もちろんクライドも、レスターも。だから……他人の都合に踊らされて兄弟を憎むだなんて、悲しいことはやめてくれ」

迷いのない声を聞くだけで、ノエルが本心からそう言っているのだと伝わってくる。

血は半分しか繋がってないけれど、彼だけはユーリに優しい。他の弟たちにするように、変わらず接してくれる。その優しさを不思議に思うこともあったけれど、今ならばよく分かる。

ノエルは水であり、氷でもあるのだ。氷は溶ければ水になる。春の風のような温かさも、凍りつくような冷たさも、同時に持ちうる性質だ。

――本当に強い人は、優しい。

揺らがない自分があるから、他人のことも当たり前のように尊重してくれる。

ノエルの言葉に、無言のクライドが何を思ったのかは分からない。やがてひとり分の足音が遠ざかったあと、ぽんぽん、と頭を軽く撫(な)でられた。

「ユーリ。何かあれば、すぐ私か父上に言うように」

どうやら、とっくに寝たふりはバレていたらしい。

それでもユーリは返事をせずにやり過ごした。

困ったように笑って、ノエルが部屋を出ていく。そこでユーリは目を開けて、ベッドの上で上半身を起こした。

「……ごめん、ノエル兄さん」

心配をかけているのは分かっている。だが今後も、どんな目に遭わされても告げ口することはないだろう。

ようやく開いた左手は、爪(つめ)が皮膚に食い込んで血が出ていた。白いシーツを赤く汚していく血液を見つめていると、耳元でユーリ自身が囁(ささや)いてくる。

責めるような、蔑(さげす)むような、そんな声で。

――ぜんぶ、ブリジットを救えなかった罰だ。

クライドに何をされようと、ルサールカの歌声に頭の中身を引っかき回されようと。ユーリが感じる痛みは、ブリジットが味わったそれの十分の一にも満たないのだと。

そう言い聞かせる自身の内なる声に、ユーリは心から同意する。あんな悲劇が起きてしまった責は、ただ自分にあった。

(僕が弱かったせいだ)

すぐ近くにいたのに、ブリジットを助けることができなかった。

デアーグは強い。炎の一族の当主であり、最上級精霊のイフリートと契約している。未熟なユーリが敵う相手ではない。

それ以上にデアーグ・メイデルという冷血漢が、ユーリには恐ろしくて仕方なかった。

あの日に起こったすべてが、ユーリにとって唐突だった。

ほんの数時間前はブリジットの名を呼び、共に馬車に乗り込んでいた。それなのに帰ってきたデアーグは、ユーリやその母親が応接間で待っていたのも忘れて、実の娘の腕を燃え盛る暖炉に入れたのだ。

何が起きているのか、頭が追いつかなかった。それでも、あの悪鬼のような形相を見たとたん呼吸ができなくなった。涙が出て、心臓が凍って、身体が動かなくなった。あれほど強い恐怖を覚えたのは、生まれて初めてのことで……そんなユーリを、母は降りかかる火の粉から庇うように抱きしめてくれた。

だが、もしも、と思わずにいられないのだ。

ユーリが身を竦ませる恐怖に打ち勝てていたら。自分の身を顧みず、命がけでデアーグを止めることができていたら。もっと早く、母の手を振り解いていたら……ブリジットは、あんなひどい怪我をしないで済んだのではないか？

彼女は今も明るく笑って、太陽の光のもとで、幸せでいられたのではないか？

（どうして僕は、こんなに、弱いんだ――）

「ボク、きらい！」

至近距離から怒鳴るような大声が聞こえて、ユーリはびくりと肩を震わせた。

「フェ、フェンリル……？」

おずおずと名前を呼ぶ。

ベッドの横には、ユーリとそっくりな容姿をした男の子が立っていた。

ユーリの契約精霊であるフェンリルは、最近しょっちゅうユーリの姿形を真似て人間の姿を取るのだ。瞳は青色をしているが、それ以外は鏡合わせのように似ている。

「どう……したの？」

怒りに燃えている自分と同じ顔を、ユーリは戸惑いながら見返した。弱気なユーリは、あまりそういう顔をしたことがないのだ。

「だいきらい！」

「フェンリル。クライドは、別に悪くないよ……」

びくびくしながら、ユーリはフェンリルにそう返した。

取り成すつもりではなく、ただ事実として言ったつもりだった。でもフェンリルは、両目に涙をいっぱいに溜めて叫ぶ。

「違う。ボクは、ますたーのことがきらいなの！」

「……え？」

切実な叫び声を聞き、ユーリの胸の鼓動が痛いくらいに騒ぐ。

初めて会った頃から、フェンリルはよく懐いてくれた。ユーリの言うことを聞いてくれた。

契約精霊であるフェンリルは、ユーリにとって数少ない味方だった。それなのに、ユーリのことが大嫌いだという。

胸の真ん中を抉るような悲しみに、ユーリは長い睫毛を震わせて問いかける。

「なんで……フェンリルは、僕のこと嫌いなの？」

するとフェンリルは、ぽろぽろと泣き出してしまった。

「ボクはますたーのこと大切なのに、ますたーはますたーを大切にしてくれないんだもん！」

「っ！」

「そんなますたー、ボク、だいきらいなんだから！」

――あのとき、わんわん泣き喚くフェンリルに、なんて返事をしたのか。

ユーリはよく覚えていないが、しばらく険悪な雰囲気が続いたのをなんとなく覚えている。

ウンディーネは呆れるばかりで、気まずげな主人と同僚を放置していた。あのときはまだクリフォードもいなかったから、ユーリは自分ひとりで精霊たちとの関係を構築するのも一苦労で、そ

れで——、

「……あれ？」

ふと、ユーリは目をしばたたかせた。

目の前にいたはずのフェンリルの姿がかき消えている。代わりに目の前に立っていたのは、ひとりの少女だった。

年の頃は十六歳くらいだろうか。長く伸びた赤い髪を後頭部で結っている。

それを疑問に思うこともなく。ユーリは大きな目を揺らして、そっと彼女に話しかけた。

「……ブリジット。また、泣いてるの？」

ブリジットは、ユーリのことを見つめていた。

幼い頃のユーリは、大きな黄水晶（シトリン）の瞳を見開き、瞬きもせずにブリジットを見ている。

透けるように白い頬が、歪（ゆが）む。声変わりしていない子どもの声が、弱々しく響いた。

「また、泣いてるの？　また、君のお父様がひどいことをしたの？」

「……違うんです、ユーリ様」

頬をこぼれていく涙を拭いながら、ブリジットは首を横に振った。

ユーリの精気を吸ったことで、ブリジットは彼が囚（とら）われている幻の中に入ることができた。そこで目にしたのは、ユーリの記憶だった。

オーレアリス家における、ユーリの不安定な立場。兄弟との確執。ブリジットとの過去……。幼い子どもには耐えきれないほどの苦痛ばかりが、そこにあった。

けれど幼い時分のユーリは、一度たりとも泣いていなかった。涙を流す弱さすら、彼が自分に禁じていたからだ。

(だから……だめよ。私ばかり、泣いていては)

ブリジットは、涙を拭う。そうして無理に笑みを形作ると、ユーリに話しかけた。

「ユーリ様には、夢はありますか?」

「……夢?」

「わたくしには、精霊博士になるという夢があるのです」

今のユーリは、幼い姿に戻って過去に囚われてしまっている。このままでは、彼を連れて幻の世界から脱出することはできないだろう。

(私が、なんとかしないと)

そのためには、彼から現在――未来に続く言葉を、引き出す必要があった。今のユーリは魔法学院に入学していて、卒業試験の真っ最中だということ。ブリジットと同じように成長しているということを、彼自身に思い出してもらうのだ。

それだけではなく、ブリジットは心から知りたいと思った。普段は明かしてくれないユーリの胸の内を。抱え込んだ重いものを、少しでいいから見せてほしいと。

しかしそんなブリジットの思いに応えることなく、ユーリは呟いた。

「何もないよ」

それが年端もいかぬ少年の言葉とは思えず、ブリジットは絶句する。

「夢も、未来も、僕には何もない」

淡々と、ただそれが事実なのだというようにユーリは口にする。

「……どうして」

どうして、そんなに悲しいことを言うのだろう。

唇を震わせるブリジットを、幼い少年は痛々しく眉尻を下げて拒絶する。

「僕はみんなから、いなくなればいいと思われていたから。――僕も、そう思うから」

だからもういい、というように、ユーリが顔を背ける。

もう会話する気はないのだと、その態度が告げていた。だがブリジットは、諦めてその場を立ち去ることはしなかった。

「みんなって、誰です？」

「……え？」

「ユーリ様の言うみんなって、どなたのことですか？　お名前を教えてください」

その言葉にユーリは困惑していた。しかしブリジットが引かないのを見て取ると、躊躇いがちに口を開く。

「それは……クライドとか。親族の一部もそうだし……」

「他には、どなたですか？」

「使用人、とかも。そういう話をしていて」

「たったそれだけの人、じゃないですか」

暴論だという自覚はある。たったひとつ、嘲（あざけ）りの言葉をぶつけられただけで、心臓が止まってしまいそうになる。生きていくのが怖くなる。それを、ブリジットだって知っている。

だから眼前のユーリの表情だって、変わらない。彼はブリジットに突き放されたように感じて、肩を縮こまらせるだけだ。

（どうしたら、伝えられるの）

ブリジットは歯噛みする。小さな身体で、ボロボロになるまで傷ついてしまったユーリに、どんなふうに言えたら届くのだろう。

喉の奥に殺到してくる言葉の洪水に、呑まれそうになる。そんなブリジットの脳裏に閃（ひらめ）いたのは、ユーリと契約する精霊たちの姿だった。

（……ブルー。それに、ウンディーネ）

だいきらい、と泣きながら叫んだブルー。氷水に濡れるユーリを見下ろしていたウンディーネ。

きっと今のブリジットと、あの精霊たちも同じだったのだ。迷って、戸惑って、何が正解か分からなくて、それでもずっとユーリの傍にいた。

（ブルー。あなたの言葉を、今だけは私に貸してちょうだい）

ブリジットは心の中でそう呼びかけてから、大きく息を吸う。

「フェンリルが……ブルーがあなたを大嫌いだって言ったのは、当たり前です」

「え……」

一瞬ぽかんとしたユーリの表情が、大きく歪む。

「なんで。どうして……？」

掠れる語尾。罪悪感から、ブリジットの胸には痛みが走る。けれど、そこで言葉を止めることはしなかった。

甘い慰めや表面上の励ましでは足りない。それだけでは、固く閉ざされたユーリの心に触れることはできない。

「ユーリ様ならクライド様なんて、あっさり撃退できちゃったでしょう。あんな人、敵じゃなかったでしょう。むざむざいじめられる必要なんて、なかったのに」

「それは……罰、だって思ったから。ブリジットを救えなかった、罰なんだって」

「わたくしが傷ついたのと、クライド様が私情であなたをいじめるのは、まったくの無関係ではありませんか」

「……でも」

「でもじゃありませんッ！」

とうとう、ブリジットは甲高い声で叫んでいた。

「どうしてぜんぶ、自分の責任だって背負い込んでしまうのですか？　そんなふうに苦しんでほしいだなんて、わたくし、一度も思ったことはありません！」

激しい怒り――だけではない剝き出しの思いをぶつけられ、ユーリが息を呑む。ブリジットはつかつかとそんなユーリに歩み寄り、ベッドの横に膝をついた。

細い肩に、ブリジットは両手を置く。そのまま、思いっきり抱きしめた。

「……ブリ、ジット？」

ユーリは唐突な抱擁に狼狽えている。それでもブリジットは、その瘦せた身体を離さなかった。

（もっと早く、こうしてあげたかった）

彼をこんな寂しいところで十一年も待たせたのは、自分なのだ。

涙が込み上げてくる。こんな小さな身体で、ユーリはずっとひとりでがんばっていたのだ。どんな苦痛にも耐えてきたのだ。

――本当は寒がりなのに、冷たいのには慣れているなんて噓を吐く人。

「ユーリ様には罪なんてありません。だから罰だって、最初から必要ないの」

「……！」

「それにね。ユーリ様はもっと、自覚したほうがいいわ。あなたを大好きな人が、たくさんいるってこと」

「……僕を、大好きな人？」

不思議そうな声が、ブリジットの胸を打つ。

それくらい、彼には思いがけない言葉だったのだろう。自分に向けられる愛情に、ひどく鈍感な人だから。

ユーリのまとう寝間着に皺ができるくらい強く、ブリジットは彼を抱き寄せる。

「分かってないのよ、ユーリ様は。なんにも分かってないの。周りの人や精霊たちが、どれだけあなたを大切に思っているか……だから罰だなんて、平気で言えちゃうのよ」

別に世界中の人々が、ユーリのことを好きなわけじゃないだろう。クライドとの関係は殺伐としているし、優秀なユーリを一方的に妬む人間も数多くいる。

それがどうした、とブリジットは思う。そんな人たちのことはなんにも関係ない。

「ねぇ、ユーリ様。今すぐは難しいかもしれないけど……もっと自分に自信を持って。自分を、許してあげて。わたくしが、あなたのおかげで――自分のことを、好きになれたみたいに」

「――――、」

ジョセフに好かれたいがため、彼の言いなりになっていた自分。

似合わないピンク色の服を着て、濃い化粧をして、試験の解答用紙を無回答で提出していた自分。

どうしようもなかったブリジットの話を聞いたとき、言動こそ冷たかったけれど、ユーリだけはブリジットのがんばりを一度も否定しなかった。

だからこそユーリ自身に、自分のことを嫌いでいてほしくない。

身勝手だとしても、ブリジットは心の底から思う。

「……どうして僕を、嫌ってくれなかったんだ」

その低い声音を聞いて、ブリジットはゆっくりと手を離した。

一度だけ瞬きをすると、そこにはもう幼いユーリの姿も、彼の部屋のベッドもなかった。白い床に力なく膝をついているのは、ブリジットのよく知るユーリだった。

　彼の声は、強すぎる悔恨の念によって震えていた。

「僕は、婚約するはずだった君を見捨てたんだ。父親に傷つけられる君を。別邸に追いやられる君を……」

「それは、ユーリ様のせいではありません。まして、お母君のせいでも」

　きっぱりと、ブリジットは言いきる。

　ユーリの母は、ユーリのためを思って行動していただけだ。それが婚約の挨拶に出向いた場で、実の娘を折檻するデアーグの姿を目撃してしまった。

　まとまっていなかった婚約話が白紙に戻されたのは、当然の帰結である。デアーグやユーリ、それにデアーグが何気なく情報を漏らしてしまったジョセフなど、ほんの一部の人間だけがそのことを知っていた。

（応接間の暖炉に薪がくべられていたのは、雨の降ったあの日に、メイデル家の本邸に客人がいたから。だけど私は、忘れてしまっていた）

　まだ二人が五歳だった頃――誕生日の日のことを、ブリジットはよく覚えていない。あの日の記憶は恐怖と痛みによって、今も混濁しているからだ。

　それでも、力なく投げ出された右手を誰かが握ってくれていたような、そんな気がしていた。繰り返される悪夢の中で、少しずつ、その手の感触を思い出していったのだ。

　今ならば分かる。記憶が甦ったきっかけは、ユーリと話すようになったこと。そして、彼と手を繋いだことだったのだ。

図書館内で騒がしいニバルから逃げようとして、ユーリに手を引っ張られたとき。

ユーリの屋敷を訪れて、エスコートのために手を取られたとき。

そうして彼の骨張った手に触れるたび、ブリジットの失われた記憶は刺激されていった。

（……ううん、違う。最初のきっかけは）

あの日のことを思い返しながら、ブリジットはゆっくりと言葉を紡ぐ。

「半年前、わたくしがジョセフ殿下に婚約破棄された直後に。図書館で同じ本を取ろうとして、手が――触れ合ったわ。偶然じゃ、ありませんわよね」

「…………」

ユーリは黙ったままでいる。否定しないのが、答えだった。

「ずっと不思議だったんです。『風は笑う』の原書は高価で……別邸に与えられている予算じゃ買えなかったけど、オーレアリス家なら間違いなく所蔵しているはずなのにって」

「……違うんだ、あれは」

ユーリは喘ぐように言う。

「本当に、違う……君が何やら一生懸命、背伸びをしながら本を探している姿が目に入って。どうしても気になってしまったから」

「一緒に探してくれようと、したんですか？」

押し黙るユーリに、ブリジットは立て続けに確認する。

「学院でもわたくしのこと、ずっと、気にかけてくださっていたのですね」

「どうしても……話しかけられなかった。君が僕を覚えているのか、いないのか、分からなかったから。話しているうちに、忘れられていることには気づいたし……それでいいと思った。思い出したら、もっと辛くなるだろうから」

「………………」

「いやみなことばかり、言っただろう。そんな僕のことなんて嫌えば良かったんだ。僕を憎んで、遠ざけてくれたなら……」

「どうやったらそんな人を、嫌いになれるのですか？」

その言葉尻を、柔らかくブリジットは遮る。

俯いていたユーリの頬に両手を添える。ユーリは後ろめたそうに目を逸らしたけれど、構わずにブリジットは真っ向から話しかけた。

「教えてください、ユーリ様。誰よりも優しくて、辛いことを背負って、苦しんで、それでも傍にいてくれた、たったひとりの男の子を――どうやったら、嫌いになれますか？」

「………………」

「ね。あなたの記憶、他にもたくさん覗き見てしまいました。だからわたくし、知っています。あなたが毎日、休む暇もなく魔法や勉学に励んで、血反吐を吐くまで努力し続けて、自分をいじめ続けたこと。一度も弱音を吐かずに戦い続けていたこと。誰よりも強くなろうと……必死だったこと」

「……僕は……」

「ユーリ様。忘れてしまって、ごめんなさい」

とうとう堪えきれず、再びブリジットの目から透明なしずくがこぼれ落ちる。

頬を幾筋もの涙が伝っていく。泣けなかったユーリの分も引き受けたかのように、涙は止まらなかった。

それでも、懸命に震えを押し殺して、ブリジットは思いを言葉にする。ユーリの苦痛が、少しでも和らぐようにと願いながら。

「もっと、もっと早く……苦しんでいるあなたに、言いたかった。ごめんなさいって。ありがとうって、言いたかったのに」

次の瞬間だった。

後頭部ごと引き寄せられて、ブリジットはユーリに抱きしめられていた。

「お礼を、言いたいのは……僕のほうだ」

縋りつくような、何かを祈るような、そんな抱擁だった。

ユーリの胸板に顔を寄せて、ブリジットは目を閉じる。閉じた目蓋から、また涙が溢れるのを感じながら、震える声に耳を傾ける。

「苦しいことなんて、何もなかった。僕は……君がいたから、生きてこられたんだ」

湿った鼻を小さく鳴らして、ブリジットはもう一度問いかけた。

「ユーリ様には、夢はありますか？」

先ほどと同じ答えが返ってくるなら、きっと、ルサールカの魔法からは逃れられない。出口のない白い部屋の中から、出ることはできない。

だが、そんなことにはならないとブリジットには確信があった。

もしだめだったとしても、何回でも、何十回でも訊ねればいいのだ。ユーリが答えに気づくまで。

「今までは考えもしなかったことだ。幼い頃は、未来のことなんて何も見えなかったから。でも今は……ひとつだけ、ある」

「はい」

ブリジットを抱き寄せる腕に痛いほどの力を込めて、ユーリは唱える。

「僕は、ブリジットと一緒にいたい」

（ああ、それは――）

唇が震えてしまって、ブリジットはうまく伝えることができなかった。

だが、ユーリの温かな吐息を首筋に受けながら、ブリジットは気がついた。声なき声は確かに届いていたのだと。

――それは、ブリジットの胸の真ん中にあるのと同じ想いだったから。

次にブリジットが目を開けたときには、そこは白いだけの部屋ではなかった。
夜空と湖に囲まれて、二人は抱き合っていた。ユーリが吐露した夢が、現実へと戻る引き金と

なったらしい。

少しだけ身体を離してからも、しばし二人は至近距離で見つめ合っていた。ブリジットが潤んだ目でじっと見つめていると、ユーリはそんなブリジットにこつんと額を合わせてきた。

触れ合う前髪の柔らかさと額に宿る温もりが、安心感をもたらす。まっすぐに目を合わせて、ユーリが小さく微笑んだ。

「君は、よく泣く」

甘やかすような声で指摘されて、ブリジットはすんっ、と小さく洟を鳴らす。その弾みに頬を流れていった最後の涙を、ユーリの指先が掬い取った。

唇を尖らせたブリジットは、恥じらいと安堵を含む声音で返す。

「……二人分、ですもの。たくさん泣いて、当然ですわ」

「泣かないでくれ。君の涙にだけは、僕は弱いから」

そう言い残して、名残惜しそうに身体を離したユーリが先に立ち上がる。

彼の手を借りて、ブリジットもゆっくりと腰を上げた。周囲を見回したユーリがふぅと息を吐く。

「無事、戻って……こられたな。次は君に、助けられた」

「でも……」

「ああ。まだ終わりじゃない」

ユーリが厳しい視線で見据えるのは、湖の方向である。

『ウゥっ⁉』

蹲(うずくま)っていたユーリとブリジットが動き出したからか、ルサールカの顔には焦(あせ)りが見えた。

慌てて岩場から飛び退(の)くルサールカだが、彼女が湖に逃げ込むことはできなかった。

「――『バブル』」

ユーリが放った中級魔法。大きな泡の大群を、ユーリは網のように辺り一帯に展開していたのだ。

いくつもの泡に防がれて、ルサールカがその上を跳ねる。逃げ場を失うルサールカに襲いかかるのは、続けて放たれた『スプラッシュ』だった。

『ギャッ！』

強すぎる水の奔流を喰らったルサールカが、老婆のような悲鳴を上げる。湖から離れた位置に落下したルサールカは、起き上がることもできずにいる。

今までユーリは、一度もクライドやルサールカに反抗しなかった。されるがままになっていた。

だからルサールカは知る由もなかっただろうし、舐(な)めていたのだろうが。

（そうよ。そもそもユーリ様はね――びっくりするくらい、お強いんだから！）

ルサールカは上級精霊で、ここは精霊の力が増幅する狭間の世界である。

しかし魔力が満ちた地なのだから、力が増すのはユーリも同じ。歌声による幻惑を使うルサールカに対し、フェンリルやウンディーネと契約するユーリが得意とするのは超攻撃的な魔法ばかりだ。

強いダメージは与えられないとしても、一方的にやられることはあり得ない。

『ギシャアッ！』

それでも、ルサールカは引き下がらなかった。美しかった顔を憤怒に歪ませ、飛び掛かってくる。

だがルサールカの鋭い牙や青い爪が、ユーリの身体を抉ることはなかった。

「ルサールカ。僕に喧嘩を売るのは金輪際やめておけ」

『ッウ……？』

ユーリの足元で、彼に届かず倒れ伏したルサールカが呻く。

その身体に降りているのは――霜、だった。尾びれから順に、ルサールカは力なく吐いた白い吐息ごと凍りついていく。

「これは最後通告だ。もしまた僕や、僕の物に手を出したときは――どんな手段を使ってでもお前を消す」

身も凍るような宣言に、ルサールカは返事をしない。というのもユーリが言い終えたときには、ルサールカの全身は余すところなく凍りついていたからだ。

ぞっとするほど冷たい表情でそれを見下ろすユーリの姿は、まさに悪役そのもので。

「……ふ、ふふっ」

耐えきれず、ブリジットは噴き出していた。

「……なぜ笑う」

「っなんというか、その……悪役っぷりが板についているなと思いまして」

「大きなお世話だ」

ユーリもまた、肩を竦めて笑う。しばらくして笑いが落ち着いた頃、ブリジットは固まったままのルサールカを見下ろした。

「ルサールカは……」

「氷が溶ければ動き出すだろう。ただの時間稼ぎにしかならない」

その返答に、ブリジットはほっとした。一般的に人が精霊を殺すことはできないとされるが、ユーリの迫力ではさもありなん、だ。

そこでブリジットは重要なことを思い出す。

「そうでした、ユーリ様。ぴーちゃんが傍にいるみたいなんです」

「何？」

「頭が痛くて堪(たま)らなかったとき……何かに耳をつつかれたから、ルサールカの歌声に気づけたんです。たぶんあれは、ぴーちゃんが助けてくれたのではないかと」

あの感触に覚えがあった。ぴーちゃんがピンク色の嘴(くちばし)で、強めにつっついてくれたのだ。

「そういえば僕も湖に向かっていたとき、何かに袖(そで)を引っ張られたような気がしたな」

よく見れば、ユーリの服の袖には獣に噛まれたような痕がついている。

「まぁ！　これはおそらくブルーの仕業ですわね」

優雅なウンディーネがこんな真似をするとは思えないので、たぶんそうだろう。

「でも……ぴーちゃんもブルーも、どうして姿を見せないのでしょう？」

ううむ、と考え込むブリジット。

その間、周辺を探索していたユーリがそんなブリジットを手招きする。

「ブリジット、こっちに来てくれ」

ユーリは地面に片膝をつき、湖を眺めている。星明かりを反射させて光る水面には、ときどき風でさざ波が立っている。

ユーリの後ろから近づいていったブリジットは、「あっ」と声を上げた。

「今の、ウンディーネ？」

「僕にもそう見えた」

湖の中を優雅に泳いでいるのは、女性らしい、しなやかな身体つきの精霊だった。

視線に気がついたのか、ウンディーネがくるんと回って振り返る。色香漂う水精霊は微笑みを浮かべると、自身の背後を指し示した。

そこにはこちらに顔を近づけるブルーと、その頭にちょこんと座るひよこ精霊の後ろ姿がある。

「ぴーちゃん！」

（良かった、ちゃんと呼吸はできてるのね！）

溺死の危険はないようだ。そもそも精霊が溺れるという話は聞いたことがないが……。

ニバルのエアリアルや、キーラのブラウニーの姿もある。呼びかけても不思議そうにこちらを見るばかりなので、声は届いていないようだが。

「……ブリジット、光の花のメッセージは覚えてるか？」

「ええ、もちろん」

ブリジットは軽く諳んじてみせた。

――落ち合うのは、空を映す湖。

――すべての本物で、星明かりの夜を反転せよ。


「これではっきりした。本物には、僕たちだけではなく契約精霊も含まれているんだろう」

「こうして合流できましたし、次は夜を反転させる方法を考えなくてはなりませんわね」

そう言いながら精霊たちを助け出そうとして、ブリジットは眉を顰めた。

「あら？」

「ブリジット？」

「湖の水に、触れられません。これは……」

湖に向かって伸ばした手が、一向に水に触れない。風に揺れ、波紋を広げる水面は自然なものなのに、その先にどうしても届かないのだ。

「やっぱり、だめです。向こう側に届きませんわ。大きな一枚の板に仕切られているような……いえ、そこまで強い反発ではありませんが」

「靄のようなものに防御されて、覆われている感じ、か」

「そう、まさしくそんな感じです。でもそれなら、どうやってぴーちゃんやブルーはこちらに干渉して――って、ユーリ様？」

ブリジットはぎょっとした。いつの間にかユーリが、湖の上に両足で立っていたからだ。

「あ、危ないですわよユーリ様！　溺れてしまいます！」

「いや、その心配はないだろう。足元は濡れてもいないしな」

確かにユーリの身体は湖に沈んでいない。分厚い氷の上に立つように平然としているユーリの両足は、水面にわずかな波紋を広げるだけ。

どうやら見た目通りの湖ではないようだ。胸を撫で下ろすブリジットに、ユーリが微かに笑って手を差し出す。

「来てみるか。怖いなら、手を引くから」

「……別にわたくし、怖いわけではありませんが」

怖くはないが、わざわざ差し出された手を無視するのは具合が悪い。そう胸中で言い訳しながら、ブリジットはユーリの手を取る。

「ひゃっ……」

おっかなびっくり、水面に踏み出すブリジットを、ユーリが目を細めて見つめている。

「ほ、本当に平気ですわねっ？　なんだか不思議……」

どぎまぎしながら、ユーリと湖の中、外周も回って調査してみる。だが、湖の水に触れられる箇所はどこにもない。

そこに、悲鳴を上げて駆け込んでくる少女の姿があった。

「あ！　ブリジット様ぁ～～っ！　と、オーレアリス様！」

「キーラさん⁉」

別の道を抜けてきたらしいキーラが、ぶんぶんと手を振りながら涙声で叫んでいる。

「助けてくださいぃ、洞穴を歩いてたら、分かれ道のところで級長が……級長が三人になっちゃったんですぅ！」

「級長が三人に⁉」

見れば確かに、キーラの後ろを三人のニバルが追ってきていた。そのうち二人はプーカなのだろうが、なんというか、わりと怖い光景である。

「おいキーラ！　騙されるな、俺が本物だ！」

「何言ってんだ、どう見たって俺がニバルだぞキーラ！」

「ぜんぜん似てねえだろ！　俺がニバル・ウィアだ！」

ブリジットは愕然とする。

（ぜんぜん見分けがつかないわ！）

俺俺俺、とまくし立てながら全力で追ってくるニバル三人組。

「やかましいから、全員切り捨てたほうが早いな」

（ユーリ様、絶好調だわ！）

「まぁ……！」

そのときキーラのこぼした涙から、ふいに魔力の渦が湧き起こった。

ブリジットは目を見開いた。というのも渦からぴょんと出てきたのは、半透明のブラウニーだったのだ。

『ピョーッ！　ピョロッ！』

キーラを守るように立ち塞がったブラウニーが、愛用の箒を目にも止まらぬ速さで動かして地面を掃き出す。激しい土埃が起こり、それは意志を持つ嵐のようにニバルたちへと向かっていった。

「「「いってぇえ！　目があぁぁ！」」」

砂埃が目に入り、地面にもんどり打って苦しむ三人のニバル。その光景を目にしたブリジットは、ぽんと手を打つ。

「……水ですわ」

「え？」

「さっき、洞窟の中で小さな水溜まりを踏んだとき、ぴーちゃんに耳をつつかれましたわ。今もキーラさんの涙から、ブラウニーが現れたように見えました。契約精霊たちは湖に閉じ込められているので――水を媒介にすれば、一時的にわたくしたちに接触できるのかもと」

「そうか、なるほどな」

ユーリもブリジットの仮説に納得したようだ。

「だが、僕が魔法を使ってもウンディーネやブルーは出てこなかったが」

「魔力で生み出された水は、媒介にならないのかもしれませんわね」

二人が真面目にやり取りしている間にも、砂が入って涙するニバルの目元から、次は半透明のエアリアルが飛び出してくる。

寡黙だが心優しいエアリアルが、強い風を起こして他のニバルたちを吹っ飛ばす。迷いない判断に、ブリジットは感動していた。

「すごいわ。エアリアルには、一目で本物の級長が分かったのね……！」

これぞ契約者と契約精霊の絆だ。

感激するブリジットの前で、湖の片隅まで吹っ飛ばされたニバルの片方が呟く。

「……エアリアル、本物は、俺………」

そのまま、力尽きたようにニバルは意識を失った。

見れば、他の二人のニバルはどさくさに紛れて姿を消している。ブリジットが湖面を見ると、そこに戻ったエアリアルは気まずげに後ろを向いていた。


その後。

キーラやブリジットの看病の甲斐あって、ニバルは目を覚ました。

「エアリアル……お前、ひでぇぞ……」

湖に向かって膝を抱えているニバルはそっとしておいて、ユーリとブリジット、キーラは話し合いをしている。

「いろんな魔法を試してみましたが……だめでしたわね」

「そうだな。あちら側から攻撃させても、無意味だったし」

一通り、思いつくことは試したところだった。水面に向かって火球や水球を放ったのだが、それらはどこへともなく消えてしまった。湖には、攻撃魔法を吸収するような仕掛けまで施されているらしい。

ぴーちゃんたちが水溜まりや涙を媒介にして力を使えるのは、ほんの一瞬のようだ。このままでは合流する術がない。彼らに案内してもらえれば、人間界に帰れるのに――。

「少し休むか」

ユーリの言葉に、ブリジットとキーラは頷いた。

ここにはベンチもないので、適当な大きさの岩を見繕ってそれぞれ腰を下ろす。そうするといっそう強く、身体の疲労が感じ取れた。

「うぅ。わたし、お腹が空きました……持ち込んだ携帯食は、もうぜんぶ食べ切ってしまって」

と言いながらキーラが、切なげに湖面を見つめている。視線を感じたらしいぴーちゃんが、ぎょっとした顔で遠ざかっていった。

「食べられそうな実もあったけどな」

湖の間際に座り込んだニバルが言い淀むのも、当然ながら理由がある。

「精霊界の食べ物を口にしたら、もう二度と人間界に戻れないと言われているから……我慢したほうがいいわね」

「そうですよねぇ……」

ここは厳密には人間界と精霊界の狭間だが、だからといって、狭間なら大丈夫だと過信するのは危険だろう。

その間にも、キーラのお腹が控えめにきゅるきゅる鳴り続けている。

（気の毒だわ。でも持ってきたチーズやナッツ、私はぜんぶ落としちゃったのよね……）

ユーリに変身したプーカを追いかけたり、ユーリに抱きしめられたり――あの騒ぎの中で、ブリジットは持ち物を落としてしまっていた。キーラが喜んでくれるような食べ物は、残念ながらひとつも残っていない。

するとそんなブリジットの横で、ユーリがポケットを漁(あさ)っていた。

「キーラ」

「え？　は、はいっ！」

ユーリが投げた何かを、キーラがなんとか受け取る。

「これは……キャンディー？」

赤い包装紙に包まれたお菓子を前に、キーラが目を輝かせる。甘い物大好きなユーリのことなので、きっと小腹が空いたときのために持ち込んでいたのだろう。

「ユーリ様、このご恩はお返しします！　いつか！」

ほとんど涙ぐみつつ、キーラが素早い動きでキャンディーを口に入れる。

「うわぁっ、おいしいです。いちご味ですね！」

ぐったりしていたキーラが、少しだけ元気を取り戻した。頬がハムスターのように膨れている様子が可愛らしくて、ブリジットが微笑んでいると。

「ブリジットも」

「あ、ありがとうございます」

ユーリはブリジットの分まで分けてくれた。

こちらは青いキャンディーだ。包装紙には王都でも知られた洋菓子店のロゴが書かれている。

（さすがユーリ様。超高級なキャンディーだわ）

舌の上で転がすと、甘い味が口内に広がる。たぶん青リンゴ味だ。

とたんに全身を覆っていた疲労感が溶けていくような気がする。ブリジットはキーラと一緒に、夢中であめ玉を味わった。

「これが最後の一個だ」

うっとりと頬を緩ませる二人の横で、ユーリはさらにポケットを漁る。

と言いつつ、ニバルに向けてキャンディーを投げる。とりあえず受け取ったニバルだったが、彼は驚いた顔をしていた。

「僕は甘いものに興味がない」

「いや、それならお前が食えよ」

それを聞いた三人は同時に思った。

（確実に嘘！）

しかしユーリは、最後のひとつをニバルに譲るつもりらしい。

「ユーリ、何か良からぬ企みでもあるんだろ！」

「そんなものはない。いいから食え」

「怪しくて食う気になれねぇよ！」

ここぞとばかりに疑いまくるニバルに、ユーリが溜め息を吐く。

「疲れているんだから脳を休ませろ。全員でここを出るんだろう？」

その言葉にニバルとキーラが揃って仰天する。

「ユーリ、お前……少しは良いやつだったのか……？」

ニバルもユーリのことを見直したようだったが、そこで話が収まることはなかった。

「いやっ、なおさらこれは受け取れねえ。お前が食えユーリ！」

「なんでお前はそう面倒くさいんだ」

「ほら、さっさと――」

キャンディーを投げようとするニバルを、ユーリが止めようとしたとき……ニバルの手から、ぽろっとキャンディーが抜け落ちた。

ユーリとニバルが揃って「あっ」という顔をする中、キャンディーは湖にぽちゃんと音を立てて落ちる。蒼白な顔色のキーラが、脇目も振らず湖に駆け寄った。

「……あ、ああーっ！」

キャンディーは見えているのに、キーラが手を伸ばしても一向に掴めない。キーラは身体を震わせて振り返った。

「ひどいっ、ひどいです！　こんなことになるならわたしが食べたのに！　食べ物を粗末にしたらバチが当たるんですよ⁉」

さすがに悪いと思っているのか、そっぽを向く二人。そんな男たちに指を突きつけたまま、キーラは怒りと悲しみに燃えている。

「水の向こうに行けるなら地の果てまで追いかけたのに！」

興奮するキーラに近寄り、ブリジットは必死に彼女を宥めた。

「キ、キーラさん。そんなに大声出したら、またお腹が減っちゃうわよ」

「でもでも、ブリジット様！　キャンディーが、貴重な食料が……！」

（――って、ちょっと待って）

何かがおかしいことに気づき、ブリジットは湖を見つめた。

「どうしてキャンディーは、湖の中に落ちたのかしら」

「それは、ユーリ様と級長が下らない言い合いをしたから……」

「それはそうなんだけど。だってわたくしたちは、水に触れられないじゃない？」

ぐすぐす洟を啜っていたキーラが、ぴたりと涙を止める。

「あれ？　そうですよね……だからブラウニーたちと合流できなくて困ってるのに」

「それにキャンディーが見えたままになっているのも、おかしいわよね」

水底まで落ちたなら、こちらからはあっという間に見えなくなるはずだ。今もブリジットたちの目に、キャンディーが見えるのはなぜなのだろう。

（もしかして――）

「……わたくしたちって、人間界と精霊界の狭間にいるのよね？」

「試験の舞台について、教員たちが明言したからには間違いないだろう」

改めて確認すれば、ユーリがすぐに返事をくれる。

しゃがみ込んだブリジットは、膝が汚れるのも構わず湖の中をまじまじと覗き込む。

水の中に目を凝らせば、リラックスしている契約精霊たちの姿がある。その理由は――。

「……この湖の向こう側って、同じ狭間じゃなくて精霊界なんじゃないかしら」

えっ、とキーラが声を上げる。口にしてみると、ブリジットはそれで間違いないという気がした。

精霊界は危険な場所だ。魔法学院の管轄下で行われる試験なのだから、生徒の安全面にはできる限り配慮しているはず。

だからこそ、精霊界に通ずる道はこうして一時的に封じられた。阻まれるのは契約精霊とブリジットたちだけで、無関係のキャンディーが通り抜けられたのもそれが理由なのだ。

「そっか。だから」

合点がいったように呟いたのはニバルだった。三人分の注目を浴びながら、彼は地面に魔力でひとつの図を刻んでいく。

まっすぐ横に引いた一本の線の上に、人を立たせる。その反対側には、逆さまにぴーちゃんらしい生き物を描いてみせた。

「級長、これは……?」

「たぶん湖のこちら側と向こう側は、こんなふうに鏡合わせになっているんだと思います。それに精霊たちが泳いでる様子もないから、浅瀬か何かなのかも。エアリアルやウンディーネは宙に浮いてるから、紛らわしいんすけど」

エアリアルに文句を言い募る間、ニバルはずっと湖を観察していた。それで彼は違和感を感じ取ったのだろう。ふむふむ、とキーラが頷く。

「だからキャンディーは、こちらからも見えたままになっているんですね。精霊界からしたら、浅瀬の底に落ちている状態だから」

次第に、向こう側の構造が摑めてきた。

（そういえば……ルサールカはユーリ様に追い詰められたとき、湖に逃げようとしていた）

試験の協力者であるルサールカには、きっと条件が適用されないのだ。ルサールカならば、問題なく二つの世界を行き来することができる。

「つまり、湖の中は精霊界……」

四人で並んで、光が屈折した水の中を見つめてみる。

それが分かったとしても、根本的な解決方法にはなっていない。精霊界にいる精霊たちと合流するには、どうしたらいいのだろうか。

（それでも……何か、手はあるはずだわ）

ブリジットは必死に考えを巡らせる。

そうして思い出したのは、ジョセフに婚約破棄されたあと、図書館で読み耽（ふけ）った『精霊大図鑑』のことだった。あの中には精霊界がどんなところなのか、何ページにも亘（わた）って綴（つづ）られていた。

子どもの頃のブリジットも、わくわくしながらあの図鑑を読んだ。ブリジットだけではない。精霊と共に育まれてきたフィーリド王国に生まれた子どもならば、誰もが一度は読んだことがあるはずだ。

「……虹が架かった滝ではなく、滝がそもそも虹色の水で溢れている」

たくさんの挿画と共に楽しんだ内容を、ブリジットは歩き回りながら諳んじてみる。現状を打破するヒントになるかもしれないと思ったからだ。

「美しさに見惚れてうっかり水を飲んでしまうと、大抵の場合は吐き気に襲われるので、注意が必要……」

きょとんとして顔を見合わせる、ニバルとキーラ。しかしユーリはその内容を吟味しているのか、顎に手を当てている。

「ゴツゴツとした岩肌を叩くと、惰眠を貪っていた小さな精霊たちが転がり落ちてくる。誰かがくしゃみをすると、空と大地が、逆転してしまう……」

（空と大地が、逆転する？）

ぴたりと立ち止まって、考え込む。

実際に精霊界に行って戻ってきた人間がいないことから、『精霊大図鑑』の内容はすべて先人が精霊たちから聞き取った話をまとめたものだといえる。

だが精霊界だからといって、誰かがくしゃみするだけで空と大地が逆転するというのは現実離れしている。あれが、何かの比喩だとしたら――。

（そういえばウンディーネが言っていたわ。『ワタシもたまーに妖精の鱗粉（りんぷん）を吸って、狭間に落ちちゃうし』って……）

――すべての本物で、星明かりの夜を反転せよ。

その瞬間、ブリジットとユーリはまったく同時に閃いていた。

「――くしゃみだわ！」

「――くしゃみか」

「え？　どういうことですか？」

ぽかんとするキーラに、ブリジットは説明する。

「精霊界では、誰かがくしゃみをすると空と大地が逆転する……つまり、く、し、ゃ、み、を、し、た、精、霊、は、別、の、世界に落ちてしまうという法則がある。それなら精霊たちにくしゃみをしてもらえば、彼らはここに……わたくしたちのいる狭間に移動できるはずだわ」

「鏡合わせだから、精霊界から狭間に落ちるという表現になるわけだな。そうして合流を果たせば、人間界への案内を任せられると。あの光る花のメッセージは、そういう意味か」

ユーリに向かって大きく頷き、ブリジットはニバルたちに提案する。

「ぴーちゃんたちにくしゃみをしてもらいましょう。確証はないけど、これが正解だと思うの」

ブリジットは唇を引き結び、二人からの返答を待つ。

「やってみましょう、ブリジット嬢！」

すぐに返ってきたのは――ニバルからの思いがけず力強い返事だった。

隣に立つキーラも、明るい表情で続く。

「ブリジット様のお言葉なら、信じられます。それにもし失敗したって、別の方法を考えればいいんですから」

「キーラ、やる前から失敗の話するなよ……」

「今のはただの喩え話です！」

いつも通りの面々に小さく笑ってから、ブリジットは溌剌とした声を上げた。

「……じゃあ、やってみましょうか！」

四人で、湖のちょうど中央の地点に立つ。

見上げれば、満天の星が広がっている。ブリジットたちを見守るように。あるいは、見当違いな努力を嘲笑っているのかもしれないが。

そこでブリジットはこほんと咳払いをした。

「えっと、さっそく相談なんだけど……こちらからの指示は、ぴーちゃんたちにどうやって伝えればいいかしら？」

早くも問題発生だった。声の届かない状況下で、くしゃみをしてほしいと精霊たちに伝えるのはかなり困難だ。

するとキーラが挙手する。

「お任せくださいブリジット様。ブラウニーは文字が読めます！」

「……え？　そうなの？」

「はい。ぜんぜんお友達ができなくて寂しくて、昔はよく架空の友人に手紙を書いていたんです。

そうしたら不憫に思ったみたいで、ブラウニーが返事を書いてくれるようになりました」

（とんでもないことを聞いちゃったわ）

だが、そのおかげで活路が見出せた。

空中に魔力で文字を書き、それを向こう側のブラウニーに読み取ってもらう。鏡文字には当初難航したが、ユーリが造作もなく書いてくれた。

うんうん、というように何度か頷いたブラウニーには、しっかりこちらの意図が通じたようだ。小さな身体のどこからか、大きな袋を取り出している。

「あれは？」

「お掃除好きのブラウニーが普段から隠し持っているごみ袋です。たぶん、あの中から……」

キーラの呟きに応えるように、ブラウニーは袋の中身をひっくり返す。

そこから溢れ出したのは――妖精の鱗粉のようだった。

黄色がかったそれが、ぶわりと広がる。最初はきょとんとしていた周りの精霊たちだが、その表情に変化が生じる。

ぐっと眉間に皺が寄るブルー。わなわなと震えるぴーちゃん。ぴくぴくっと鼻を動かすエアリアル。そして――運命の瞬間が訪れた。

『……くしゅっ』

音は聞こえなかったものの、そんな幻聴が聞こえてくるような精霊たちの仕草に、思わずブリジットの胸が高鳴る。

（か、可愛い！）

というか精霊が一斉にくしゃみをするだなんて、精霊史に残る記念すべき瞬間なのではないだろうか。今、目の前で新たな歴史の一ページが刻まれた……。

そんな感動を噛み締めていると。

『ぴっぴ！』

「ぴーちゃん！」

ブリジットの頭めがけて、上からぴーちゃんが降ってくる。

『ぴぃ～』

再会を喜ぶように髪の先を啄まれ、覚えのある感触にブリジットは破顔した。

『うわぁん、ますたー！　ようやく合流できたぁ！』

「……重いぞ、ブルー。ウンディーネもやめろ、頬をつつくな」

『レディーにくしゃみさせるなんて、ひどいマスターね。この代償は高くつくわよ？』

「ブラウニー、ありがとう！」

『ピョロロッ』

全身で喜びを表現する契約精霊たち。だが、呑気に感動を分かち合っている場合ではなかった。

「あっ！　見てください、またプーカが……」

ニバルが悲惨な顔つきで言う。

というのも笑顔のブリジットとキーラが、走ってこちらに向かってきていた。見れば、氷によって固まっていたルサールカまでも起き上がろうと四苦八苦している。

(でも、また悪妖精に妨害されたら……)

今までのようにうまくいくとは限らない。こうやって、また四人で無事に合流できる保証はないのだ。

状況を悟ったユーリが素早くウンディーネに指示を下す。

「ウンディーネ、僕たちを人間界に案内してくれ」

『ご安心を、マスター。近くに人間界に通ずる扉があるわ。少しだけ走るけれど、いけるわよね?』

そこまで聞いたキーラが、ニバルの腕を自らのそれと組んでみせた。

「キ、キーラっ? 急にどうしたっ?」

狼狽えるニバルに、キーラは胸を張っている。

「また化かされるのはごめんなので。こうしてれば、大丈夫でしょう?」

「お、おう。そういうことか……」

ニバルは残念そうな、ほっとしたような、なんともいえない顔つきをしている。

そんな二人を羨(うらや)ましげに見ているブリジットの左手にも、触れる感触があった。ぴく、とブリジットが肩を揺らせば、隣にはどこか不安げなユーリが立っている。

「前に言っていたな。できることなら、精霊界に行ってみたいと」

ブリジットは息を呑む。

ユーリは覚えていたのだ。精霊博士になりたいという夢を明かしたとき、ブリジットが何気なく漏らした一言を。

あのときのブリジットには、少なからず投げやりな気持ちがあった。精霊界に人の身で辿り着けば、二度とは戻れないと知りながらも――父親から取り替え子（チェンジリング）と呼ばれた自分の居場所は、人間界にないような気がしていたのだ。

このまま狭間に留まれば、いずれ精霊界に辿り着けるのかもしれない。ユーリはそう思ったのだろう。

「今も、気持ちは変わらないか？」

「……変わりません」

眉を寄せるユーリに、「だって」とブリジットは言葉を続ける。

「天寿を全うした人間は、精霊界を吹く一陣の風になるというでしょう？　ですから、わたくしも……いつか、そうなりたいと思います」

「――――！」

その声に応じるように、強く風が吹く。乱れた髪を掻き上げて、ブリジットは朗らかに笑った。

「ユーリ様。わたくしの居場所は、ここですわ」

精霊界でも、まして狭間でもない。

ブリジットの居場所は、ユーリの隣だ。

（あのときとは、違う）

握った手に力を込めれば、伝わっただろう。

「一緒に帰るぞ、ブリジット」

「……はい、ユーリ様」

ユーリは頷くなり、全員に向かって鋭い声で叫んだ。

「全員、走れ！」

ウンディーネが先導するのに続いて、ブリジットたちは走り出す。

そのあとを悪妖精たちは追ってくる。逃げ場のない行き止まりに導いたウンディーネは、振り返らずに言い放った。

『ここよ、躊躇わずに飛び込んで！』

そこまで近づけば、ブリジットの目にも見えた。精霊が出現するときに見える、空間の亀裂のようなものが大きく口を開けている。

勢いを止めずに、ブリジットとユーリはその中へと飛び込む。とたんにすべての音が消え、星明かりの夜が遠ざかる。

狭間に落ちたときと同じだ。いくつもの色が混ざり合い、溶け合って……ぐにゃりと歪んでいく景色を、ブリジットは目を開けたまま見つめていた。

（よく見たら――うん。とってもきれいだわ）

そう思えたのは行きと異なり、繋いだ手の感触があるからだろうか。

それらを経て、やがて——ずいぶんと昔に見たような小高い丘の中腹に、ブリジットたち四人は立っていた。

丘の上からコロポックルたちが、わいわいと走り寄ってくる。マジョリーの契約精霊たちだ。

立ち尽くしていたブリジットは、ユーリと視線を合わせて頷き合う。

「ユーリ様」

「……ああ」

長い卒業試験は、こうして終わったのだった。

第六章　屈折した感情

卒業試験が終わった翌々日のこと。

昨日は疲労を取るための休日とされたが、今日は講堂で卒業試験の結果が発表された。

卒業試験に見事合格したのは、ブリジット、ユーリ、ニバル、キーラの四名と、別クラスの二名のみだったとマジョリーの口から正式に告げられれば、講堂を揺らすような驚嘆の声と歓声が起こった。

学院一の実力者として知られるユーリに関しては、多くの生徒が合格を予期していたに違いない。

だがブリジットたち三人については、まさかと思う向きが強かったのだ。

その中には羨望だけでなく、嫉妬や疑念を隠さない視線も含まれていた。「どうして〝赤い妖精〟が……」と囁く声に振り返れば、見知らぬ女生徒たちが気まずそうに明後日の方向を向く。

注目を浴びながら、ブリジットは溜め息を吐く。

（ユーリ様のおこぼれだって揶揄する人も、そりゃあいるわよね）

偶然、ユーリと同じ狭間に落ちたおかげでブリジットたちは合格できた。そう捉える生徒は少なからずいる。

動じずにいられたのは、実力で卒業試験に合格したという自負があったからだ。

それに悪意ばかりではない。ブリジットやニバル、キーラを取り囲む声には、純粋な称賛だってあったのだから。

（思い返してみると、試験自体の難易度はそう高いわけじゃなかった）

今まで培ってきた知識や観察眼に、育んできた人間関係。そして精霊の助けがなくとも、土壇場を切り抜けられる胆力……卒業試験は、それらを試す場だった。契約精霊の格は、結果に大きく影響していない。

（私の場合はユーリ様に助けてもらわなかったら、すぐに脱落してたけど！）

プーカとドゥアガーにしてやられたことを思い出せば、悔しさが胸に湧き上がる。もし次の機会があったなら、そのときは絶対に騙されないと胸に誓うブリジットである。

――生徒たちの興奮が収まるのを見計らって、マジョリーからは一連の解説が行われた。

ブリジットたちが飛ばされた狭間は樹海だったが、他にも海辺や砂原、花畑に雪原など、あらゆる場所にその地形での活躍を得意とする悪妖精が放たれ、生徒たちに様々な課題が課されたようだ。共通するのは、契約精霊の助けはほとんど得られない状況に追い込まれたことである。

試験でのショックや体調不良を理由に欠席したり、腕や足に包帯を巻いている生徒も見られたことから、それぞれが厳しい状況に置かれていたことが窺えた。その中に重傷者や行方不明者が含まれなかったことは、不幸中の幸いと言えるだろう。

不合格者、辞退者の全員は年内に再試験を受けることになる。試験の難易度は下げられるので、再び悪妖精が出てくることはない――と伝えられて、講堂中の生徒が胸を撫で下ろしたのは言うまでもなかった。

マジョリーが解散を伝えたあとは、合格を決めたブリジットたちは改めて多くの生徒に声をかけられた。

第二クラスの生徒のみならず、他クラスからも祝福や拍手を送られ、ニバルやキーラは照れくさそうにしつつ応じていた。別クラスの合格者二名も、同じように囲まれていたようだ。

「ねぇねぇ、どんな悪妖精が出てきたの？」

「どうやって対処したのか教えてくれないか？」

「契約精霊との合流は？」

「そんなことより、人間界にはどうやって戻れたんだ？」

ブリジットたちの頭上を、矢継ぎ早に質問が飛び交う。それも無理はなく、ほとんどの生徒が巡回中のコロポックルたちに助けられて、中途半端なところで試験を終えている。どうやったら試験を合格という最良の形で終えることができたのか、何が正しい判断だったのか、気になるのは人として、精霊使いとしても当たり前というものだ。

……が、それらの問いかけには三人とも曖昧に回答せざるを得なかった。言わずもがな【魔法の誓約書】による制限を受けており、試験の詳細を他人に明かすことができないためだ。

ドライアドの呪いを避けるためには、何を訊かれても明確な答えを返すわけにはいかない。具体的な武勇伝を語れないため、いまいち盛り上がりに欠けるという不思議な時間を過ごしたのだった。

が――ブリジットには、もっと重要なことがあった。

(やっぱり……ユーリ様が、登校されてない!)

講堂内や早くも解散していく生徒の中に、第一クラスに所属するユーリの姿がなかったのだ。

(祝勝会のお誘いもしたかったのに……)

ブリジットが卒業試験に合格したと知ったシエンナやロゼは、それは大喜びだった。

使用人たちも我が事のように喜んでくれて、屋敷全体がすっかり浮かれた雰囲気になっている。

前当主デアーグの醜聞や王都からの追放という騒ぎもあり、祝事とは無縁だったメイデル伯爵家は久々に活気づいていた。

そこで週末に、卒業試験祝勝会を開くことが決まった。もちろんユーリ、ニバル、キーラを呼んでの宴を予定していたのだが――。

(試験合格者にバッジが授与されるのは、来年の卒業式の日だもの。今日、無理に登校する必要はないけど)

が、そんなことを理由にユーリが学院を休むとはブリジットには到底思えない。

となると、いやな想像がぐるぐると頭を巡る。

(もしかして、お風邪を召されているとか? 気づかなかったけど、試験中に傷を負っていたとか? それでユーリ様は、致し方なく休まれている……?)

ブリジットの脳裏に、ベッドで呻(うめ)き苦しんでいるユーリの姿が浮かぶ。そう考えると気が気でなくなり、祝う声にもうまく笑顔を返すことができなかった。

だからといって早退するわけにもいかず、じりじりしながら午後の時間を過ごし、すべての授業が終わるなり一目散に教室を飛び出した。

といっても、伯爵家の令嬢として学院の廊下を全力で駆け抜けるわけにもいかない。どうにか早足で抜けようとして応接室の前を通りかかったところで、ブリジットは立ち止まった。

応接室から出てきたのが、見知った人物だったからだ。

「……クライド様?」

今までブリジットがクライドと遭遇した場所は、水の一族の屋敷と街中のみだ。

学院で見かけるのはなんとなく不思議な感じがするが、クライドは卒業試験の協力者だった。何かの用事で呼び出されていたとしても、おかしくはない。

それに――こう言ってはなんだが、渡りに船でもある。同じ屋敷に住むクライドならば、ユーリの体調について最低限のことは把握しているだろう。

(根性が捻じ曲がっている人だもの。事実を教えてくれるかは分からないけど……)

期待はできないが、今は藁にも縋りたい。

さっそく声をかけてみようと思ったブリジットだが、寸前で躊躇する。

というのも数秒の観察だけで、クライドが苛立っているのが見て取れたからだ。床を踏みつける踵、舌打ちの音、首の後ろを引っ掻く指先……ひとつひとつの仕草から、彼が不機嫌なのは明白である。

(冷静に話をするのは難しそう)

応接室から他に出てくる人もいないので、卒業試験の協力者が全員呼ばれているというふうでもない。

逡巡していると、背後からの気配を感じたのか。そのタイミングでクライドが振り返ってしまった。

「――あれ、ブリジットちゃんだ」

そのとたん、クライドの眉間に寄った皺が嘘のように消える。整った顔に作り物のような笑みが張りつけられたかと思えば、クライドは普段と変わらない温度で言い放った。

「いやぁ、まさか君が卒業試験を合格するとは思ってなかったよ」

「………」

「オレもオトレイアナの卒業生なんだけどさ。当時、卒業試験ではこっぴどく失敗して落とされたんだよ。〝赤い妖精〟なんて誰にも期待されてなかっただろうに、ブリジットちゃんって意外とすごいんだね」

休まず口を動かすクライドは、ブリジットの反応など待っていないようだった。行き場のない苛立ちの矛先をブリジットに向けることで、自分を保っているようにも見えた。

ブリジットは大きく息を吐く。どちらにせよ、気になったのはそこではない。

「それで――」

「ところでクライド様。ユーリ様が学院をお休みされているんですが、何かご存じではありませんか？」

話を遮って踏み込めば、クライドが目を細めた。

まとう空気が鋭さを帯びるが、ブリジットも一歩も引かなかった。視線に力を込めて、挑むように見返す。またユーリを侮辱するつもりなら、ただじゃ置かないというつもりで。

しかし意外にも、彼はブリジットが求めている情報を率直に教えてくれた。

「一昨日帰ってきてから、熱出してずっと寝込んでるよ」

ブリジットは悪い予感が的中したことを知る。

「アイツのことが気になる？」

「それは、もちろん」

硬い声で返せば、クライドがあははとむやみに明るい声で笑った。

「そうだなぁ。オレの馬車に乗っていくなら、屋敷には入れると思うけど――？」

「では、乗せてください」

目をぱちくりさせたのは、ブリジットの即答が意外だったからだろう。

「……あのクールな侍女さんが怒らない？」

「怒るでしょうが、急を要する事態ですので。……早く行きましょう、クライド様」

赤髪を揺らして歩き出したブリジットは、淡々とクライドを促した。

◇◇◇

それから約一時間後。ブリジットはクライドと共に、王都郊外に建つオーレアリス家の屋敷へと到着していた。

聳え立つような門扉をくぐって馬車が停車すると、ブリジットはクライドの手を借りずに地面へと降り立つ。

敷地に広大な湖を所有する屋敷は、夕暮れの光を浴びていた。屋根にうっすらと雪化粧をしているからか、夏に見上げたときよりもさらに神秘的に映る。

「ユーリ様は、どちらに？」

「せっかちだなぁ、ブリジットちゃんは。まぁいいや、寒いから早く入ろう」

案内されたのは応接間だった。立派な暖炉には薪がくべられており、室内を温めている。

入室して間もなく「あっ」とわざとらしい声を上げてクライドが立ち止まったので、ブリジットは訝しげに彼のほうを向いた。

「ごめん。〝赤い妖精〟ちゃんは、炎が苦手なんだっけ」

ブリジットの動きが、一瞬止まる。

その名でしょっちゅうブリジットを呼ぶのは、ウンディーネやクライドくらいだ。ウンディーネの口調には親しみが込められているのに対し、クライドの語調には愚弄がにじみ出ている。

（でも、やっぱり強い悪意は感じないから不思議よね）

そう思ってしまうのは、クライドの声質がユーリに似ているからだろうか。

（私ったら、気づかないうちにユーリ様贔屓しちゃってるのかも……！）

「いいえ。外は冷えますから、ありがたいですわ」

なんて考えながら、ブリジットはふるふると首を横に振った。

クライドは拍子抜けしたようだったが、気を取り直したのか席を勧めてくる。

革張りのソファに向かい合う形で着席して間もなく、オーレアリス家の侍女が入室して茶や菓子を運んできた。ブリジットは構わず口を開く。

「クライド様。それでは、ユーリ様にお目に掛かれますか？」

ここまで足を運んだ目的は、ただそれだけにある。

だが――長い足を組んでいるクライドの返事は、にべもない。

「それは無理」

「……は？」

「オレが満足するまで、話に付き合ってよ。それが終わったら会わせてあげる」

「……車内でもずっと話していたではありませんか」

正確には延々と口を開いていたのはクライドだけで、ブリジットは相槌くらいしか打っていなかったが。

「だってブリジットちゃん、上の空でオレの話なんて聞いてなかったじゃん。ちょっとだけ意地悪させてよ」

ブリジットはその発言を無視して席を立った。

入ってきたばかりのドアに手をやったところで、眉を寄せる。

ドアが開かない。外側から鍵がかけられているようだ。先ほど給仕した侍女のひとりが、クライドの指示で施錠していったのだろう。

「……卑怯ですわよ」

紳士にあるまじき行いを非難しても、クライドは「なんとでも言って」と余裕を崩さない。この屋敷では自分が優位に立っていると分かっているからこそだ。

唇を噛んだブリジットは、再びドアを見やる。

(魔法でドアを破ることは……できなくはなさそうだけど)

大して親しくもない男性と、強制的に密室に閉じ込められたのだ。身を守るための手段としては穏便なほうだが、安易に選んでいい手とも思えない。

(ここは、筆頭公爵家である水の一族の屋敷だもの)

ブリジットがドアを破壊したことが公になれば、どうなるか。ただでさえメイデル伯爵家は危うい立場にある。ロゼに迷惑がかかるような真似はしたくない。

ドアの破壊は断念することにして、ブリジットは席に戻った。気は進まないが、今はクライドを満足させるのが近道だろう。

待ってましたと言わんばかりに、前のめりになったクライドが質問を繰り出す。

「ブリジットちゃんってさ、ずっと契約精霊を顕現させてるの?」

『ぴ！』

ブリジットの髪の中から、ひょっこりと姿を現したのはぴーちゃんだ。

自分が呼ばれたと思ったらしい。愛らしいひよこ精霊の頭を撫でてやってから、ブリジットは肯定を返す。

「ええ、そうですわ」

「ふぅん。……寝ている間も？」

「おそらく」

だいたいの場合、ブリジットの傍でぴーちゃんは眠る。ベッドの上にクッション代わりの綿と布を敷き詰めたバスケットを置き、その中ですやすやと寝るのだ。

それを聞いたクライドはといえば、唖然としていた。

「うわぁ……そんな人間、アイツ以外にもいるんだ。ブリジットちゃんの魔力量もバケモノじみてるね」

（バケモノって）

むっとするブリジット。さすがに年頃の少女相手に失言だと思ったのか、クライドが苦笑する。

「いや、だって……その精霊、伝説のフェニックスなんでしょ？　オレみたいな一般人は、ルサールカみたいな上級精霊だって三日休んで数時間召喚できるかどうか、なんだけど」

ここでブリジットは押し黙る。今さら隠し通せるわけもないのだが、フェニックスを精霊図鑑に登録するのを待ってほしい、とリアムに頼み込んだのはブリジットなのだ。はいそうです、と頷くのは憚られる。

クライドは構わず続ける。

「その力で今まで自分を馬鹿にしてきたやつらを、見返してやろうとか思わなかったの？」

問いかけが、意外にも真摯な響きを持っていたからだろうか。ブリジットは口を開いていた。

「そんなの、趣味じゃありませんもの」

(報復や復讐をする気なんて、ないわ)

伝説のフェニックスの力を借りて他者を威圧し、服従させるような行為に、なんの意味があるのだろう。

そんなことをしても、過去の傷は消えない。心が晴れるはずがないのに。

「だとしても、だよ。君の力は大きすぎる。皮肉だけどさ、名無しと契約した無能呼ばわりされていたほうが、君は幸せだったのかもしれないよ」

クライドがそう口にしたとき、ブリジットが思い出したのは精霊博士であるトナリの言葉だった。

――『ブリジット。お前さんを引き込んだ神官は、間違いなく次の大司教サマになれる』

トナリは、神殿の人間はあまねくブリジットの力を求めるだろうと言っていた。フェニックスの存在は神殿の勢力図を書き換えてしまうだろうから、と。

その言葉への実感は薄いが、どちらにせよブリジットが揺らぐことはなかった。

「ぴーちゃんに会えなかった自分のほうが幸福だなんて、わたくしはそんなふうには思いません。これからも思うことはないでしょう」

「よく分からないな、なんでそんなことが言えるわけ？　そんなんじゃ悪いやつに足を掬われるよ」

呆れたように嘆息するクライドを、ブリジットは冷めた表情で見上げる。

「それは例えば、あなたのような？」

「……っ」

そこで初めて、飄々としていたクライドの表情が崩れた。

「今日、学院に呼ばれたのはその件のお叱りだったのではありませんか。あなたが学院側の指示に従わず、独断でユーリ様に魔法を仕掛けたから」

テーブルの上のティーカップから、湯気が立ち上っている。思い出したようにカップを手に取ったクライドが、紅茶を一口だけ飲んだ。

「……もしかして。ルサールカの見せる幻を、君も見たのかな」

契約者だからといって、ルサールカが歌声によって見せる過去の幻影までクライドが共有しているわけではないのだろう。探るような問いかけに、ブリジットは頷いた。

「ええ。クライド様は十一年前から、契約精霊の力でユーリ様を傷つけていたのでしょう？」

「だったら？」

「軽蔑します」

「へぇ、そう。怒った顔も可愛いね」

へらへらと笑うクライドは、すでに余裕を取り戻しつつあった。

「それで？　ブリジットちゃんは、オレにいやみでも言いたいの？　学院でも散々絞られたから、これ以上のお説教は勘弁してほしいんだけど」

「それは――」

「ちょっと待って、二人とも」

だが、その表情が硬直する。

「そこから先は、当事者抜きでする話じゃない」

施錠されていたはずのドアが、なんの抵抗もなく開いていた。入室してきた人物を前に、クライドは目に見えて動揺していた。

「兄貴、なんで……」

「なんでって、ここは私の家でもあるんだよ。私がいるのは当たり前だろう？」

苦笑した青年が、ブリジットへと視線を移す。

「やぁ。初めまして、ブリジットさん」

「え、ええ。初めまして……ブリジット・メイデルと申します」

ブリジットが立ち上がりお辞儀すれば、ノエル――オーレアリス家の長兄たる彼が、手を差し出してくる。

その手を、緊張しながらブリジットは握る。意外にもがっしりとした手つきを感じていると、にこやかにノエルが言った。

「といっても、夏にここで君を見かけたことがあったね。あのときは話す暇もなく、ユーリがあっという間に連れ去ってしまったけれど」

「ご挨拶が遅れて申し訳ございませんでした、ノエル様」

「謝ることはないよ。……おや、私の名前を知っているんだね。光栄だな」

茶目っ気のある笑顔を向けられ、ブリジットの目が泳ぐ。

「実は、その……ユーリ様から、お名前を伺っていたものですから」

「そうなんだ。ユーリが私の話をしていたなんて、嬉しいな」

ふふ、とノエルが笑う。初めて話した気がしないのは、ユーリの記憶の中で何度もその姿を目にしたからだ。

（ノエル・オーレアリス……）

ユーリが唯一、慕っていた兄。それゆえに気軽に頼れなかった人。

こうして向かい合えば、ブリジットは古い大樹を見上げているような不思議な心地になっていた。

ブリジットは今まで、ノエルのような人に会ったことがなかった。線が細いのに儚げではなく、若々しい外見でありながら、達観した老人のような静かな気を漂わせている青年。

相手を包み込むような穏やかな人柄が、繋いだ手を通して伝わってくる。

だが、ブリジットには不安があった。ユーリの記憶の中のノエルは病弱な人だった。今も彼の体調が悪いのだとしたら――。

「ああ、心配しないで。この通り、すっかり身体は良くなったんだ。今は父の跡を継ぐために、いろいろと勉強しているところ」

唐突にノエルに言われて、ブリジットは冷や汗をかいた。

（こ、心を読まれているわけじゃない……わよね？）

薄青色の瞳は、ブリジットの心の奥底まで読み取ってしまいそうだ。

「それは、何よりです」

笑顔で返せば、ノエルがブリジットの手をゆっくりと離す。そんなノエルの後ろから、聞き慣れた声がした。

「……ブリジットか？」

その声にブリジットは、はっと目を見開いた。

「ユーリ様！」

クリフォードを従えて現れたのは、白いシャツ姿のユーリだった。

ユーリの顔が見られたことに安堵するブリジットだが、クライドから聞いていた通り調子は悪そうだった。

「大丈夫ですか？　やはりご体調が……」

「……心配するな。少し熱が出ているだけだから」

こほこほと小さく咳き込みながら、ユーリは掠れた声で言う。

「でも……」

「私が声をかけたんだ。ユーリも、この場に呼ばれないのはいやだろうと思ってね」

と、横から口を挟むのはノエルである。

ユーリは肩を貸そうとするクリフォードを片手で制すると、もともとブリジットが座っていたソファに腰かける。

深く背を預けてもたれるように座っているあたり、やはり具合が悪そうだ。

それに汗ばんだ額、上気した頰。乱れた呼吸と、寛げられた胸元が色っぽくて——。

（——なんて、私ったら！　今はそれどころじゃないわ！）

ぐったりとしたユーリの後ろにソファを挟んで立ち、クリフォードは空気に徹している。ノエルはといえばそこが定位置というように、クライドの隣に腰を下ろしていた。

「それじゃ、話の続きを聞こうか。あ、私のことは気にしないでいいからね」

クライドは苦々しい面持ちだが、兄相手に何を言っても無駄だと悟ったのだろうか。黙ってブリジットに目を向けてくる。

こほん、とブリジットは咳払いをした。一気に観衆が増えてしまったが、こんな中途半端なところで引くわけにはいかない。

クライドをまっすぐ見据えて、要求する。

「わたくしが言いたいのはひとつだけです、クライド様。ユーリ様に、謝ってください」

「はぁ？　どうしてオレが」

「どうしても何も、それが筋だからですわ」

呆れ顔で乾いた笑いをこぼすクライドに、取り合うつもりはなさそうだ。

それならばブリジットも、手を緩める気は更々なかった。

「分かっています。あなたは、ユーリ様に——相手にしてほしかったんでしょう？」

「……いやいや。知ったように言わないでよ」

口元は笑っているが、目が笑っていない。明らかにクライドは怒っている。触れられたくない領域にブリジットが真っ向から踏み込んだからだ。

だがブリジットは目を逸らさなかった。ユーリの迫力に比べれば、大したものではないからだ。

「いいえ。言わせていただきますわ。……水の最上級精霊と、氷の最上級精霊と契約した弟ですもの。きっと心底羨ましくて、憎らしかったのでしょうね。悪妖精なんかと契約した自分とは違いすぎる、って」

「――！」

「期待がかかるのも、ノエル様やユーリ様ばかり。三男であるはずのあなたの名前は、親族の間で話題にすら上らない。……病弱なノエル様を言い訳にするのは都合が良かったのでしょう？　あなたは長兄の立場を守るということを名目に、優れた弟の存在を認めたくなかっただけなのに」

クライドが何かを言おうと口を開くが、そこからは空気の塊が漏れるだけだ。

「さぞ、気持ちが良かったのではありませんか。二体の最上級精霊と契約しながらも、抵抗しない弟を一方的に虐げるのは。万能の神にでもなったような心地でしたか？　想像するだけで虫唾が走りますが」

そこでいったん、ブリジットは唇の動きを止めた。クライドは、激しい苛立ちを湛えた目でブリジットを睨んでいる。

「……それ以上はやめて、ブリジットちゃん。女の子相手でも、手が出そうになる」

「図星だから、ですわね」

ブリジットの指摘が的外れなものならば、クライドには何も響かない。神経を逆撫でされるような気分に陥ることはないだろう。

小さく、ブリジットは溜め息を吐く。

「結局、悪妖精を……ルサールカをいちばん差別しているのは、あなたではありませんか」

クライドが目を見開く。その表情には今までで最大の動揺が現れていた。

「違う。オレは――！」

「何も違いません。……一度でもユーリ様が、あなたやルサールカを蔑みましたか？　馬鹿にしましたか？　悪妖精なんて、と嗤ったのですか？」

クライドが視線を逸らしたのは、ブリジットに気圧されたからだろうか。それとも、過去のユーリの表情を思い出したからだろうか。

目を伏せて、ブリジットは静かな声で締め括る。

「……わたくしも苦手なんです。気持ちを素直に言葉にするのは、今でも怖い。でも、そうやって逃げ続けたって……何も変わりませんわ」

いつまでも機会が転がっているわけではない。何もかもが壊れてからでは遅いのだ。婚約関係にあったブリジットとジョセフの間に、二度と埋まらない大きな亀裂が入ったように。

応接間に長い沈黙が落ちる。それを破ったのは、クライドではなかった。

「怒らせたかったんだろう」

胸に染み込むように静かな声で囁いたのは、ノエルだった。

「ユーリを、怒らせたかったんだろう。クライド」

隣に座るクライドは答えないままだ。顔を向けて話すノエルの声は聞こえているだろうに、頭ごなしに否定することもない。

「ブリジットさんの言うように、相手にしてほしかったから、という理由もあるかもしれない。でも、いちばんの理由は違う。――ユーリを怒らせて、謝りたかったから、だね」

「…………」

「ユーリに謝りたくて、でもユーリは、今まで一度も君に怒らなかったから……。だから、ユーリが大事にしているマフラーを盗んだ。ルサールカを使って、目の前で引き裂いてやった。自分でも、気づいていなかったかもしれないけど」

クライドは顔を上げず、苦虫を噛み潰(つぶ)したような顔で押し黙ったままだった。

ぱち、ぱち、と薪の爆(は)ぜる音を聞きながら、ブリジットはといえば、クライドと出会ってからのことを思い返していた。

クライドの言動はいつも挑発的だった。彼がそんな態度を取り続けたのは、どうしてだったのか。

(そうだわ。クライド様は――ユーリ様の感情を揺さぶって、本音を引き出そうとしていた)

思い返してみれば、彼はブリジットのために怒るユーリを見て驚いていた。あれは、そんなふうに感情を露わにする弟を初めて見たからだ。

ブリジットを何度もからかうのは、ユーリの感情を揺さぶるのにはブリジットが最適解だと知ったから――。

（そんなの。……そんなの、どうかしてるわ）

屈折しすぎている。ユーリの気持ちを、なんだと思っているのだろう。

だがブリジットは、これ以上クライドに何かを言おうとは思えなかった。容赦なく図星を突かれ続けたクライドの目に、ひとつの覚悟が見えたからだ。

人前で謝るのは勇気がいる。ましてクライドの性格からして、年下の少女にそれを見られるのはなんとしてでも避けたい事態だろう。

「……他人に見られることでプライドが傷つくなら、わたくしは退室いたしますが」

ブリジットとしては気遣ったつもりだったが、クライドは背中を蹴飛ばされた気になったらしい。

ぐっと歯の奥を噛み締めると、彼はユーリに向かってゆっくりと頭を下げた。

「……悪かったよ」

不器用な謝罪を、ユーリはどこか驚いたような顔で聞いている。

「馬鹿な真似をしたと――分かってた。自分が弱いことも。昔も、今も……あんなことが、やりたいわけじゃなかったんだ」

過去を悔やむ言葉を受けて。

ソファの背にもたれかかったユーリが、ふぅと熱っぽい息を吐く。

「謝罪を受け入れる。……それに、僕にも非があったからな」

「え……」

顔を上げるクライドに、ユーリは無表情で言ってのける。

「お前なんて、取るに足らない小物としか思っていなかった。だから視界に入れなかったし、一度も本音を伝えなかったし、相手にもしなかったし、憤慨もしなかった。心底、なんとも思っていなかったから」

……ひくっ、とクライドの表情筋が引きつっていく。

「お、前……本当に人の謝罪を受け入れてるんだよな？」

「そのつもりだが、そう見えないのか？」

ふん、と挑発的に鼻を鳴らしたかと思えば、ユーリは虚空に向かって呼びかけた。

「ウンディーネ、ブルー」

『うん、ますたー！』

『何かしら、マスター』

精霊界で待機していたのだろうか。その声に瞬時に応じて、二体の精霊が空間を裂いて現れる。

「今後、もしもクライドかルサールカが僕に害を及ぼそうとしたときは全力で迎撃しろ。いちいち僕に許可を求める必要はないから」

その指示に最も衝撃を受けたのは、ブリジットでもクライドでもなく――ブルーとウンディーネだっただろう。

『ますたー！』

氷の狼（おおかみ）が、横合いからユーリに飛び掛かる。うっ、とユーリが小さく呻いた。

「……ブルー、飛びつくな。さすがに重い」

『あっ、ごめんなさい』

悪びれずに謝ったブルーが、もふもふとした頭をユーリの肩にぐりぐりと押しつける。

『あのね、ますたー。ボク、嬉しいんだよ。ボクはますたーにね、ますたーを、ちゃんと大切にしてほしかったから！』

『そうね。だからブルーは、マスターの姿形を真似るようになったんだものね』

『あっ、それは言っちゃだめ、うんでぃーね！』

『あら？　そうなの？』

何やら慌てふためくブルーの頭を、ユーリが撫でる。それでブルーは気を取り直したようだった。

『これから、チャンスがあればルサールカをすぐたたきつぶすね！　悪妖精はいやーな感じするけど、ボクぜったい負けないから安心して！』

たたきつぶす！　たたきつぶす！　と無邪気に繰り返すブルーに、クライドが複雑そうな顔をしているが、上機嫌のブルーはまったく気づいていない。

『ブルーがルサールカをペチャンコにしちゃうなら、ワタシは泣きぼくろさんのお相手をしてあげないとね。……ねぇ、どんな遊びがお好みかしら？　心ゆくまで付き合ってあげる』

妖艶な肢体から水滴を散らすウンディーネが、クライドを見下ろして小首を傾げる。彼がおぞましげに視線を逸らしたのは、水の一族の一員として香気漂うウンディーネの恐ろしさを理解しているからだろう。

そんな精霊たちの威圧的な態度の裏側にあるものを、ブリジットは理解していた。

（ウンディーネも、ブルーも。ずっとユーリ様を心配していたのよね）

だがユーリは、うんざりしたように顔を顰めている。

「もういい、精霊界に戻れ。また呼ぶから」

『えー。つまんない』

と文句を垂れつつ、ブルーが大人しくユーリから離れる。また呼ぶ、と言ってもらえたのが嬉しかったのかもしれない。

そんな様子を見守っているブリジットに、ウンディーネが接近してくる。つん、と濡れた指先でブリジットの頬を軽くつついて、彼女が言うには。

『〝赤い妖精〟さん、ありがとう。意地っ張りで頑固なマスターがちょっぴりでも緩んだのは、あなたのおかげね？』

「……ウンディーネ」

はにかむブリジットに向けて、ブルーもごにょごにょと言う。

『ボクも、その……一応かんしゃしてるよ。……ブリ』

「ブルー……」

『だからって、おまえとますたーの関係を認めたわけじゃないからな！　だってますたーにぴったりのつがいなんて、そう簡単に見つかるわけな――』

「ブルー、いいから戻れ」

何やら言い募るブルーだったが、その姿がウンディーネと共に消える。ユーリが強制的に魔力の供給を絶ったらしい。

（すごいわ、ユーリ様。契約精霊に流す魔力を、ここまで細やかに調整できるなんて……）

変なところにブリジットが感心していると、正面に座るクライドと目が合った。

「ブリジットちゃんも、ごめん。君ががんばって編んだマフラーを、オレ……」

殊勝なクライドというのも、こちらの調子がおかしくなる。ブリジットは両手を振った。

「おきになさらず。また編み直すつもりでしたから」

そう返すと、クライドはなぜか急に自身の精霊に呼びかけた。

「ルサールカ、来てくれ」

「！」

思わず、ブリジットは身構えた。もちろん隣のユーリもだ。

また幻を見せるつもりなのか、それとも――と警戒するが、空間の裂け目から姿を見せたルサールカには、そんな気はないようだった。

それどころか、申し訳なさそうな顔つきのルサールカが両手に持っているのは黄色いマフラーである。

（え？　あれは……）

どういうことかと、ユーリもブリジットも固まる。

『キュウッ』

二人分の視線を浴びたルサールカは尾ひれを振って移動すると、クライドの膝（ひざ）あたりに不安そうに顔を寄せた。幼子のような仕草をするルサールカの頭を宥めるように撫でがてら、クライドが気まずげに口を開く。

「というわけで――マフラーはここにあるよ」

「……はい？」

「いやぁ。さすがに女の子が一生懸命編んだっていうマフラーに、ひどいことできないし」

ブリジットはあんぐりと口を開けた。

「じゃ、じゃあ、あのマフラーは？　狭間でルサールカが裂いて、バラバラになった……」

「あれはルサールカお得意の幻ね。よくできてたでしょ」

二の句が継げずにいるブリジットを置いて、ルサールカがマフラーを手に動き出す。

『アゥ……』

言葉は分からないが、そこには謝罪のニュアンスが多分に含まれているようだった。差し出されたマフラーを、ユーリが受け取る。

「……ありがとう」

『ウウウ』

ルサールカは唸るような声で答える。

契約精霊は、契約者の精神に引きずられる側面がある。ニバルが感情を暴発させたとき、エアリアルが暴走してしまったように……ルサールカもまた、クライドの思いに呼応して長年ユーリを嫌っていたはずだ。

だが、先ほどの謝罪を経てクライドの心持ちにも変化があった。敏感にそれを感じ取ったルサールカは、ユーリを傷つける素振りを見せようとはしない。

「ルサールカ。良かったらわたくしとも仲直りしましょう」

『ウ？』

そう、ブリジットは笑顔で声をかけた。

ルサールカはユーリから、ブリジットへと視線を移したのだが――その直後、ルサールカの姿はそれこそ幻のように掻き消えていた。

「……あっ、クライド様！　どうしてもうルサールカを消してしまうんですか？」

（せっかく、ルサールカについて知るチャンスだったのに！）

「言ったでしょ。オレ、数日に一度しかルサールカは喚べないんだって。まだ、一日しか休んでないし……これでも劣等生なりにがんばったほうだし……」

たった数分で汗をかいているクライドが、疲れのにじむ声で言う。意地悪をしたわけではなく、言葉通り魔力切れを起こしているようだ。

「マフラーも渡せたから、オレは部屋に戻るよ。教員に説教されて、ブリジットちゃんに説教されて、兄貴にまで説教されて、本当に今日は疲れ果てちゃったから」

「それは、その……申し訳ございません」

ブリジットは素直に謝った。荒い言葉遣いで責め立ててしまった自覚があったからだ。

肩を縮めて項垂れるブリジットに、取り成すようにノエルが言う。

「謝ることないよ、ブリジットさん」

「いや、それこそ兄貴が言うことじゃないだろ。……というかなんでマフラーを盗んだとか引き裂いたとか、兄貴が知ってるわけ？　オレ、何も話してないのに」

「うーん。お兄ちゃんだから、かな？」

「まったく答えになってないんだけど、それ」

能天気なノエルに、クライドが肩を竦める。それから彼はブリジットに向き直った。

「ねぇ、ブリジットちゃん。今回のお詫びに……もし懲らしめたいヤツがいたら、オレとルサールカに声をかけてよ」

「え……」

「オレ、今まで女の子に手厳しく扱われたことってないからさ。君が本音をぶつけてくれたのが、けっこう嬉しかったというか、その――」

「それなら今後一切、ブリジットに話しかけるな。それがお前にできる唯一のお詫びだ」

一刀両断したのは、ブリジットではなくユーリである。

それを聞いたクライドが、溜め息を吐きながら立ち上がった。

「お前の命令を聞く義務なんて、オレにはないし？　まぁ、今日はそういうことで。またねー、ブリジットちゃん」

ひらひらと片手を振り、クライドが部屋を出ていく。その背中に「二度と顔を見せるな」とユーリが吐き捨てたが、クライドは聞こえない振りを決め込んだようだ。

（これからお二人が兄弟としてやり直していけるのかは、分からないけど……）

血の繋がりだけを理由に絆が芽生えるなら、それはとてつもなく幸せなことなのだろう。

だが、ブリジットはそんな奇跡には恵まれなかった。ユーリも同じだ。だから今後のユーリとクライドがどんな関係を育んでいくのかなんて、分かりようがない。

（分からなくても……今はそれで、いいのかもしれないわ）

クライドは謝罪し、ユーリはそれを受け入れた。少なくともお互いの間に、冷えきった暴力が生まれることは二度とないはずだ。

安堵するのもつかの間、ブリジットはノエルの温かな視線を感じてはっとした。

「あの、ノエル様。わたくし、クライド様だけでなくノエル様にもいろいろ失礼なことを」

「私は気にしてないよ。むしろ爽快だったくらいさ」

「は、はぁ……」

最初の印象通り、ノエルは心が広い人らしい。それと、底が知れない人でもあるが。

戸惑うブリジットから視線を外して、ノエルがふっと笑う。

「クライドはああ見えて、本当は自分が間違っていることに最初から気づいていた……ブリジットさんの言う通り、素直に認めることはできずにいたんだけどね」

そんなノエルの瞳には、弟たちを慈しむ光が浮かんでいる。

「それにね。クライドが歪んでいったのも、ユーリが我慢し続けたのも、どちらも私のせいだ。絡まり合う糸を、私ひとりではどうすることもできなかった。だから……君のおかげだよ。ありがとう、ブリジットさん」

神妙に頭を下げられたブリジットは、おずおずと返事をする。

「いえ、わたくしは……そんな大それたことをしたわけではありません」

自分のためには怒れないユーリの代わりに、なんて大層なことを考えていたわけでもない。本当にもっと、単純な理由だった。

「ユーリ様が悲しむのも、苦しむのも、いやだから。……ただ、それだけで」

それで動いてしまっただけだと明かせば、ノエルが大きく頷く。

緩んだ目元が、笑ったときのユーリに似ていると思う。やはり彼らは兄弟なのだとも。

「ブリジットさん。――これからも、ユーリのことをよろしく」

「えっ……」

しかしその唐突な一言に、ブリジットはすっかり当惑した。

(こ、これ、どう答えるのが正しいの？　もちろんって答えたいけど、それはユーリ様の意志を確認してからのほうがいいんじゃ……)

だがノエルは静かな目で、ブリジットだけを見ている。

ユーリが、ではない。大事なのは、ブリジット自身がどうしたいのか――。

「……はい」

その返答を聞いたノエルは、安心したように立ち上がった。

「それじゃあ、私もこれで退散しようかな」

クライドに続いて、ノエルも応接間を出ていく。

これで一件落着かと肺に溜まった息を吐いたブリジットは、先ほどから隣のユーリがほぼ喋(しゃべ)っていないことに思い当たった。

目を向けてすぐ、ブリジットはぎょっとする。ソファにもたれかかったユーリの顔色が、盛大に悪化していたからだ。

「ユーリ様っ?」

「……寒い」

青い顔をしたユーリが、身体をぶるりと震わせる。それを聞いたクリフォードが素早く踵(きびす)を返した。

「毛布を持ってきます。ブリジット様、それまでユーリ様の様子を見ていただいても?」

「は、はいっ」

急ぎ足でクリフォードが出ていく音も聞こえなかったのか、ユーリが乾いた唇を再び動かす。

「……寒い」

その手にルサールカから返されたマフラーがあるのに気づけば、ブリジットは意気込んだ。

「お任せください! わたくしが巻いてさしあげますわっ」

ユーリの手からマフラーを受け取るなり、それをてきぱきと彼の首に巻き始めるブリジット。

二回目ともなれば、少しは慣れたものである。自分でも驚くほどの手際の良さで巻き終えて、ブリジットは満足げに声をかけた。

「ユーリ様、首元は苦しくありませ——ひゃっ」

しかし、最後まで言いきることはできなかった。ふいに伸びてきたユーリの両手が、ブリジットを抱き寄せたからだ。

突然すぎる抱擁にブリジットは泡を食うが、病人にもかかわらずユーリの力は強い。

「ちょ、ちょちょっ、ユーリ様っ」

「……君は、きれいだな」

「は——」

気がつけば。

ユーリは、触れるほど間近からブリジットの瞳を見つめていた。

窓から差す黄金色の残照が、ブリジットの髪を淡く、さらに赤く染めていく。光り輝くその一束を手に取って、ユーリは口づけを落とした。

そして、これ以上なく美しい宝石を見たかのように口元を緩ませて……幸せそうに、囁く。

「……妖精。僕だけの、赤い、妖精……」

夢心地な語尾が消えていけば、耳に届くのは穏やかな息遣いである。

(寝……てる?)

ブリジットを抱きしめたまま、ユーリは眠りについていた。取り残されたブリジットはといえば、爆弾発言を受けて——頬を真っ赤(まっか)に染めたまま、口をぱくぱくと動かしていた。

文句を言いたい。言いたいけれど、触れそうなほど近くで穏やかな寝息を立てる人を起こしたく

はない。

だってそれくらい、ユーリは安心しきっていたから。

（もう……これじゃあ、何も言えないじゃない）

眠るユーリは、まるで子どものように無防備だ。幼げで可愛らしい寝顔を至近距離で見つめながら、ブリジットは思う。

赤い妖精と愛（いと）おしげに呼んでくれる人がいる。傷ついた過去や、蔑まれた事実は変わらずとも、このあだ名だって今やブリジットの一部になっている。

毛布を手に戻ってきたクリフォードはといえば、ソファの上の状況を確認するなり目を丸くした。

ユーリを起こさないようにだろう、無言のままぺこぺこと頭を下げるクリフォードに、ブリジットは小さく頷く。

「大丈夫です、クリフォード様」

穏やかな寝息を聞きながら、ブリジットはユーリの首筋に頬を寄せる。

「だから、もうちょっとだけ……このままで」

何か楽しい夢でも見ているのか。

ユーリが少しだけ、笑った気配がした。

第七章　恋に落ちたのは

卒業試験が行われた週末の午後、ブリジットはオーレアリス家の馬車に揺られていた。

空は今にも雪が降り出しそうなほど曇っている。足元から這い寄るような冷気は車内にまで忍び寄っていたが、ブリジットが震えることはない。

小さな頭に被っているのは、リボンのついたベレー帽。

身にまとうのは、背中に垂らす長い赤髪と調和の取れた、深紅色が印象的なコート風のドレスである。シンプルゆえに洗練されたデザインで、胸元や腰回りを彩る紐飾りやボタンには上品な金色が使われている。膝上までを包むスカートがふわりと広がるのは、ポケットに仕込んだ炎の魔石を目立たせないためだろう。

襟元にはマフラーを巻き、冷えやすい脚には厚めの黒いタイツを穿いている。せっかくのお出かけの日だからと、この調子で今日のブリジットにはシエンナによって万全の防寒対策が施されていた。もちろんスノーブーツは防寒・防水・防滑加工が施された優れものである。

そうして着飾ったブリジットの正面席には、ユーリが腰を下ろしている。

首元には、彼のもとに戻ってきたばかりの黄色のマフラー。品のある深い藍色のコートから覗くのはグレーの礼服だ。姿勢の良さか、彫刻のように整った顔立ちゆえか——馬車に乗っているだけだというのに、品格がにじみ出るような居住まいである。

そんなユーリに、ブリジットは数分ぶりに声をかける。

「それで、ユーリ様。お身体の具合はいかがです？」

「ああ。すっかり良くなった」

こくりと頷くユーリに、体調不良を隠している気配はない。

「熱は下がったし、咳もほとんど出ない。クリフォードが口うるさいから、昨日まで学院は休まざるを得なかったが……」

「当たり前でしょう。クリフォード様だって、ユーリ様のことを案じているのですから」

それが正論だったからか、むっとユーリの唇が尖る。

どこかブルーと似たその表情は珍しくて、可愛らしい。笑ってしまいそうになるのを、ブリジットはどうにか堪えた。

「明日は我が家で祝勝会がありますので、くれぐれもお身体にはお気をつけくださいませ。ところで――この馬車、どちらに向かっているんですの？」

確認するのは、ブリジットが行き先を聞かされていないからだ。

ユーリから届いた手紙にて、週末に二人で外出したい、伯爵家まで迎えに行くからと誘われたまでは良かった。だが馬車に乗る前も、乗ってからも、なぜかユーリは一向に行き先を教えてくれないままである。

今もブリジットから視線を逸らして、彼は窓の外を眺めている。

「見せたいものがあって」

それは手紙にも書いてあったが、とブリジットは思う。

小首を傾げるブリジットたちを乗せて、馬車はゆったりとした速度で進んでいく。

病み上がりなのに遠出して大丈夫なのかと、正直にいえば心配な気持ちもあった。だが今のところユーリの体調に問題はなさそうだ。

（もし何かあったら、すぐ引き返すよう伝えなきゃ）

そんなことを考えていたブリジットは、あら？　と首を傾げる。外の景色に見覚えがあったのだ。

「もしかして、オーレアリス家のお屋敷に行くんですか？」

「……いや。近くではあるが」

「それでしたら、わたくしがお伺いしましたのに」

そのほうが効率的だったのではと思うブリジットだが、なぜかユーリに軽く睨まれる。

「気にするな。僕が……馬車に揺られたい気分だっただけだ」

はぁ、とブリジットはよく分かっていない表情ながら頷いた。

（今日のユーリ様、ちょっと変かも……）

やはりまだ、体調が万全ではないのだろう。

（目を離さないようにしなくちゃだわ！）

ブリジットがそんな決意を固めている間に、馬車が止まる。

馬車を降りてから振り返ると、やはり通ってきた道の奥にオーレアリス家の屋敷の屋根が見える。

しかし先ほどの言葉通り、ユーリが足を向けるのはそちらではない。

彼が見据えているのは、屋敷の北側に立つ低山だった。

地上から眺めるに奥深くはなさそうだし、鉱山でもない。しかし公共財ではなく、許可を得ていない者の入山や狩猟を禁ずる貴族所有の領地である。

（オーレアリス家が所有する山のひとつね）

だからといってユーリの目的は、ブリジットに広大な実家の敷地を自慢するためではあるまい。

となると、この山自体に何か見せたいものがある、と受け取るべきだろうか？

「ブリジット。ここから先は馬車が使えない。しばらく歩くが、いいか？」

「分かりました」

やはりその見せたいものに辿（たど）り着くまで、ユーリは種明かしをしない心積もりらしい。頷いたブリジットに、ユーリが手を差し出してくる。

「滑って、転ぶかもしれないから」

「平気ですわよ。だって、狭間（はざま）と違って人間用の階段がありますものね」

冗談めかしつつ、ブリジットは手を握る。

二人とも手袋を着けていないからか、最初は冷えきっていた手も、階段を上っているうちに徐々に熱くなってくる。

山道に設けられた階段は、急勾配ではないが思っていたより長かった。上りきったときには、ブリジットは汗をかくと共にそれなりの達成感を覚えていた。

冬枯れの草や積もる大量の落ち葉を踏みしめて、遠くを見渡す。

「頂上、着きましたわね！」

（ここから見える景色が、私に見せたかったものかしら？）

眼下にオーレアリス家所有の湖が広がるので、かなり見応えのある景色ではある。さっそく感想を述べようとしたブリジットだが、ユーリは立ち止まらなかった。

「まだだ。次はこっちの階段」

「え？」

くいっと手を引っ張られつつ、上ってきたのとは別の幅の狭い階段へと導かれる。頭の上に疑問符を浮かべている間にも、ユーリはその階段を下りていく。

次も下り、その次は上って。一目では分からないよう巧妙に隠された階段まで駆使しながら、奥まった場所へと進んでいく。

そのうちに、ブリジットは異変に気がついた。

頬(ほお)を撫(な)でる風にぶるりと震えながら、問いかける。

「なんだか、その……妙なくらい、寒くなってきていませんか？」

日が落ちる時刻が近づいてきたから、ではないだろう。もっと明らかに、あからさまに――肌を突き刺すような、真冬の冷気と呼ぶべきものがこの空間に漂っている。

「あともう少しだから」

白い息を吐きながら、前を歩くユーリが言う。やや不安な気持ちを抱えつつ、ブリジットはそんなユーリに大人しくついていった。

　そうして、十数分ほど歩き続けた頃だろうか。

　――ブリジットたちが辿り着いたのは、草木が切り開かれた――白く凍（い）てついた世界だった。

「ここは……？」

　ブリジットは手を離して呆然（ぼうぜん）と呟（つぶや）いた。凍った地面や岩場から伸びる長い氷柱に迎えられれば、当然の反応だろう。

　フィーリド王国の王都周辺は、一年を通して比較的温暖な気候である。雪が降り積もることはあっても、一帯が凍りつくとまでは聞いたことがない。

　それに振り返れば、上ってきた木造の階段はまったく凍っていない。小山の一角だけが氷結して雪嶺のようになっているなど、自然現象ではあり得ないことだ。

　だとすると、ブリジットが思いつく可能性はひとつである。現実とは季節が異なる場所――。

「ここは、もしかして狭間なのでしょうか？」

　ブリジットの問いかけを受けて、ユーリが楽しげに笑う。

「違う。ここは正真正銘、人間界だ」

「でも……」

　なおもブリジットは疑問を口にしようとしたが――その唇の動きが、止まる。

　翠玉（エメラルド）の瞳（ひとみ）の真ん中に映っているのは、ただひとつのものだった。引き寄せられるように、ブリジットは近づいていく。

冴え冴えとした空気を掻き分けるように進み、じぃっと見つめる。冬の柔らかな日差しを浴びて、きらきらと輝くそれは――。

「氷でできた花の、アーチ……？」

そっと呟いて見上げれば、あまりの美しさに感嘆の溜め息が漏れる。

ブリジットは、ぱぁっと顔を輝かせた。

「すごいっ。すごいわユーリ様。見て！　本当にきれい……！」

弾んだ歓声を上げて、ブリジットはよく観察しようとその場にしゃがみ込んだ。

ひび割れた氷の間から根を生やす花。形としては、薔薇に似ているだろうか。

それも大振りで豪奢な薔薇の花である。咲き誇る花弁も、花首も、生い茂る葉や棘さえも――全身を凍りつかせた、世にも珍しい白薔薇。

ためつすがめつしながら、すんすん、とブリジットは鼻を動かしてみる。

「残念ですが、香りはほとんどしないのですね。いえ、凍っているのなら当たり前――あっ！

こっち！　よく見たら、あっちにもお花が！」

腰を上げて、ぱたぱたとブリジットは駆けていく。

「待て、ブリジット。そんなに走り回ったら転ぶ……」

ユーリの忠告もなんのそので興奮するブリジットの靴裏が、つるりと滑る。

「……あ……」

最悪の想像が、ブリジットの脳内を走馬灯のように駆け巡ったが……予想していた衝撃は、その身体には訪れなかった。

ぎゅうと両目を閉じたブリジットは、怖々と目蓋を開けてみる。視界の真ん中に飛び込んできたのは、ユーリの焦った表情だった。

「――だから、言っただろう。転ぶって」

はぁ、と呆れたような溜め息を吐くユーリ。彼の片腕は、しっかりとブリジットの腰を抱き寄せていた。

そのおかげで転ばずに済んだようだ。あまりの近さと逞しい身体の感触に鼓動を乱しながら、ブリジットはどうにか口を開く。

「ご、ごめんなさい。わたくし」

「いいよ。君がそそっかしいのは、知っている」

子どもに対するようなそれに、ブリジットは頬を膨らませた。事実なので、否定することはできなかったが。

助け起こされたブリジットは、ユーリと手を繋いで群生する花の近くへと移動する。

「触れてみるか?」

「いいのですか?　壊れたりは?」

「大丈夫だ」

ユーリがそう言うならと、固唾を呑んで触れてみる。

伸ばした指先に返ってくるのは、想像通り硬く冷たい氷の感触だ。爪の先でこんこん、と氷を軽く叩いてみて、ブリジットはううんと唸った。

「彫刻ではないし、氷華……ではありませんわよね。正真正銘のお花に見えます。でもどうしてこの花は、冬なのに枯れていないのでしょう？　いいえむしろ、冬だから咲いている……？」

「その通りだ」

ユーリが小さく頷き、解説してくれる。

「これは、水の一族の祖先が作り出した花なんだ。名前はそのまま、氷の花」

「水の一族が……？」

「ほとんど文献も残っていないんだが、芽吹く瞬間から氷をまとって成長した花らしい。この美しさから、外部に持ち出そうとした者も多かったんだが……一年中、不思議と凍りついたこの一角以外では栽培できない。国外に持ち出そうとしても、移動の最中に必ず枯れてしまうそうだ」

ユーリは訥々と語る。凍っているから、香りで虫を引き寄せることもない。他の植物のように種を飛ばすこともできない。それでもこの場所にある限りは、どんな花よりも美しく、この薔薇は永遠に咲き続けるのだ――と。

「だから、一族の人間以外にはほとんど知られていないわけだ」

「……どこか、寂しい花ですね」

「そう思うか？」

首肯してから、「でも」とブリジットは続ける。

「本当は、そうじゃないのかもしれません。だって、たった一輪の薔薇ではないのですもの。この場所だけに咲き誇っているのだとしても、数えきれないほどたくさんの仲間がいて……だから寂しいと思うのは、人の勝手かもしれませんわね」

それから十秒ほどが経ってだろうか。ユーリが静かに口を開いた。

「これを君に、見せたかった」

「……わたくしに？」

「五歳の頃だ。クライドが僕を、ここに連れてきたんだ」

そうしてユーリが口にしたのは、ブリジットが覗き見た中には含まれない記憶の話だった。

「最上級精霊と契約したお祝いだ、と言っていた。僕はほとんど話したことのない兄が連れ出してくれたのが嬉しくて、ろくに道も覚えないで歩いていた。この花の前に立って、感動して、クライドに話しかけようとしたら――もう隣には、誰もいなかったんだ」

ブリジットは言葉を失う。

五歳のユーリは、この場にたったひとりで置き去りにされたのだ。信じていた兄に裏切られて。

「春先で、時間が経つごとにどんどん寒くなって。僕は震えながら、必死に山を下りようとした。……それにあのときの僕には、大した魔力もなかったからな。ウンディーネもブルーもうまく召喚できなくて、苦労した」

ブリジットは目の前に幻を見ていた。小さな小さなユーリが、涙を堪えながら、萎えた両足を懸命に動かす幻だ。

声が震えるのを懸命に抑えて、ブリジットは続きを問う。

「……それで？」

「夜が明ける前に、なんとか下山できたから助かった。まぁ、それだけの話なんだが」

ユーリは気恥ずかしかったのか、そう締め括る。だがブリジットは、繋いだ手に力を込めた。

「わたくしは、ひとりになんてしません。……だから、もう、大丈夫」

ユーリは、目を眇めてまぶしそうにブリジットを見つめていた。

「あれから、この場所が嫌いだった。二度と近づきたくなかった。でも君となら、って……そう思ったんだ」

強く握り返される手は、温かかった。その手もまた、ブリジットを孤独にしないと囁いているかのように。

「足を運んでみて、良かった。僕もこの花を、きれいだと思うから」

その柔らかな笑顔に宿るのは、底知れない悲しみではなかった。

ブリジットが、〝赤い妖精〟というあだ名を好きになれたのと同じ。ユーリもまた、辛い過去をひとつずつ乗り越えようとしている。

心の奥底に引っ掛かっている、辛く苦い思い出の残る場所。そこにユーリがブリジットを連れてきてくれたのは——。

（……たぶん、自惚れじゃない）

勘違いではない。思い違いではない。彼が胸のうちに秘めた想いの形を、ブリジットは知っている。自分自身のそれと、同じだからこそ。

何を言えばいいだろう、と躊躇う。どんなふうに言えたら、ぜんぶ伝わるだろう。言葉にすれば簡単で、単純明快でさえあるはずなのに、素直さとは縁のないブリジットはあと一歩のところで迷いを覚えてしまう。

ありのままの気持ちを、胸の奥底に秘めた言葉を、ユーリは——受け入れてくれるだろうか。

(逃げ続けたって何も変わらないって、クライド様には偉そうに言えたのに)

泣きたいような心持ちになるブリジットの頬に、冷たい何かが当たる。手に取ろうとすれば、それは体温で溶けてしまっていた。

「あ、雪……」

暗い空から降る雪の粒を目にすれば、寒さに鈍くなっていた身体がふるりと震える。

どこにも屋根はないので、ブリジットとユーリは大きな氷柱の下に移動した。寒さは変わらないが、雪が直接降りかからないだけでもマシである。

繋いだはずの手は離れて、なんとなく会話も途切れてしまっている。しんしんと降り積もる雪をぼんやり見つめていて、ふとブリジットは思いついた。

「そういえば、ユーリ様も魔法で氷の花が作れたりしますの？」

「僕が？　……花を？」

ユーリは意表を突かれた様子だ。その反応に、ブリジットは何気ない発言を後悔した。

「すみません、無理にとは」

「いや。今まで作ろうと考えたこともなかったから」

ユーリが、思案するように眉を寄せる。

「……少し、時間をくれるか。試してみる」

「はいっ」

こくこく、とブリジットは頷く。

ユーリは自身の両手を、何かを包み込むような形で握る。それから、集中を高めるためか両の目蓋を閉じた。

そんなユーリの周囲に浮かぶ魔力の光が、雪と交じって風に散る。その美しさにブリジットが見惚れているとは露知らず、ユーリは魔力を練り続けている。

数分が経った頃だろうか。目を開けたユーリがそっと、両手を開いていく。

ブリジットは瞬きをするのも忘れて、その中身に見入っていた。

「わぁ……！」

感動のあまり、目を輝かせて声を漏らす。

彼の両手の中にあったのは——まさしく、氷の花だった。

再現されているのは花の部分だけで、外に咲き誇るものと比べれば小振りではある。しかし生命ではないゆえに繊細な作り物の花は、水晶のように透き通っていて、静謐な美しさを湛えていた。

その艶やかな美は、しかし一瞬にして崩れていく。花弁に亀裂が入ったかと思えば、そこからはらはらと砕けていき、最後は氷の粒となってしまう。ひとたび風が吹けば、儚い氷の花は跡形もなく消え失せてしまった。

「ごめん。すぐに散ってしまったな」

空っぽになった手のひらを見下ろして、うまくいかないとユーリが嘆息する。そんな彼に、ブリジットは本心から首を横に振った。

「……いいえ。とても――とても、美しかったです」

万感の思いを込めて、口にする。

「わたくしのために、ユーリ様が作ってくださった花ですもの。どんな花より、素敵ですわ」

目蓋の裏に焼きついた一輪の花を、二度と忘れることはないだろう。

微笑むブリジットを見つめ、彼は改まった口調で切り出した。

「――ブリジット。今回の試験では、ひどい迷惑をかけた」

「本当ですわよ」

間髪を入れず返しつつ、ブリジットはすぐに笑ってしまう。

「冗談です。迷惑だなんて思っていませんから」

「……最後の勝負は、君の勝ちだな」

「いいえ。良くて引き分け、でしょう」

ユーリには、ブリジットの言葉が意外だったらしい。

「引き分け？　だがルサールカの幻を打ち破れたのは君のおかげだし、精霊と合流できたのも……」

「そもそもわたくしは、プーカとドゥアガーの罠に引っ掛かって脱落しかけておりました。そこを助けたのがユーリ様なんですから、引き分けが妥当ですわ」

かじかむ人差し指を立ててみせて、ブリジットははきはきと言う。

「勝利というのは、完全なるものであるべきです。最後の勝負と銘打っていたのですから、尚更（なおさら）」

「…………」

「でも、ユーリ様。もしわたくしに勝ったら、何を願うおつもりでしたの？」

「……それは、婚約を」

その時点でブリジットは、ユーリの言葉の意味をまったく理解していなかった。

それこそ脳が丸ごと凍結（フリーズ）していたのだが、それには気がつかず、ユーリは小さな声でその続きを口にした。

「もう一度、してくれないかと……君に申し込むつもりだった」

（……こっっっっっ……）

想像を超える返答に、ブリジットは完全に硬直していた。

（こ、婚約って、婚、約？　婚約のこと……よね？）

まったく頭は回転していなかったが、黙ったままではいられない。かちこちに固まったまま、ブリジットはなんとか唇だけを動かした。

「それは、その……勝負とかを抜きにして申し出ていただきたい、というか」

というよりも、それより前に告げてほしい言葉があるような——とごにょごにょするブリジットの耳に、ユーリの低い声が届く。

「分かっている。それが筋だな」

だけど──、とユーリは囁くように言う。

「君が、僕なんかを選んでくれるはずがないから」

(……ああ)

ブリジットはゆっくりと、目を細める。

「勝負にかこつけて、君を手に入れたかった。……それなら、断れないだろうと思って」

幼い頃から兄に虐げられ、兄の契約精霊に傷つけられてきた。そんな日々はユーリの身体だけでなく、心をも蝕んでいったのだ。

──自分が愛されるはずがない。

今日こそ確信する。そんな強い思い込みに、ユーリは囚われているのだ。

今も癒えない傷に苛まれているからこそ、ユーリは最後の勝負を切り出した。勝負ならば、相手に言うことを聞かせられる。強制的に屈服させられる。

(やっぱり……あなたは私と、同じ)

ブリジットもまた、両親に愛されたくて仕方ない子どもだった。最も心から欲するものが、手に入らないまま生きてきた。

頭を撫でてくれる手の大きさを忘れた。無条件に抱きしめてくれる腕の温かさを失った。すれ違う子どもたちが当たり前のように持っているそれは、二度とブリジットが得られないものだった。

不安になるのは、愛される術を知らないからだ。喉の奥から言葉が出てこなくなるのは、拒絶されるのが怖いからだ。

それらすべてを、受け止めて――ブリジットは、口角を上げて笑う。

「本当に、もう、仕方ない人なんですから」

「……ごめん」

消沈するユーリの両手を取って、ブリジットはくるくるとその場を回る。建国祭の夜のダンスよりも、ずっと幼い。子どもがふざけてその場を回るような他愛ないダンスである。

「っブリジット？」

「でも、ふふ――許してさしあげます。そんな不器用なところも、ぜんぶ、ユーリ様だから」

最初は、強い彼に憧れていた。あんなふうになりたいと思ってやまなかった。

誰に何を言われようと揺らがない。誰よりも気高く超然としている。だがそれは、ユーリが自分を犠牲にして生み出した――そうありたい、なるべきだと信じた理想の自分でもあったのだ。

そんな彼の弱さに触れるたびに好きになるだなんて、おかしいのかもしれない。自分の胸に問いかければ、すぐに答えが見つかる。

（なんにも、おかしくないわ。ユーリ様だって、私の弱音を笑ったりしなかったもの）

くるくる、くるくると緩やかなダンスを続けたまま、ユーリが困ったように言う。

「君は、ずるい」

「ずるい？　どこがです？」

ずるいよ、ブリジット。目を丸くするブリジットに、ユーリはそう繰り返す。

「思いもしなかったんだ。こんなに誰かを好きになってしまうなんて」

その言葉に、ブリジットの足の動きが止まる。

急速に回転をなくした二人の身体が、少しふらつく。そのふらつきが治まる前に、ブリジットは反論した。

「それを言うならユーリ様のほうが……ずるいです」

「僕が？」

心外だと言いたげなユーリに、「そうですわよ」とブリジットは唇を尖（とが）らせる。

「最初は冷たい人だって。いやな人だって、そう思ったのに。思おうと、したのに……」

でも、怒っている振りは長く続かなかった。

「気がついたら頭の中がいつも、あなたのことでいっぱいなの。ユーリ様が笑ってくれるだけで、嬉しくなる。幸せになる。こんなの、私はずっと……知らなかったのに」

頬を伝う涙で、視界がぼやけていく。

温かな涙を、ユーリの指先が拭ってくれる。そのおかげでブリジットは、その言葉を告げるユーリの表情を、確かに見つめることができた。


「好きだ、ブリジット」


いっぱいいっぱいで、汗ばんでいて、余裕なんか皆無のユーリの表情。

「君が、好きなんだ。ずっと、ずっと――好きだった」

花束のような言葉を贈られるたびに、胸を、温かい何かが満たしていく。

「ブリジット。君に笑っていてほしい。君が笑ってくれるだけで、僕は……優しい気持ちになる」

「……っ」

ブリジットは、なかなか言葉を返せなかった。

「……ブリジット？」

不安げに呼ぶユーリに、背伸びをして手を伸ばす。そのまま、戸惑うユーリの首の後ろに腕を回して――ぎゅうと、ブリジットは抱きしめた。

だって、誰よりも愛おしい。

ユーリの弱さが好きだ。ユーリの強さが好きだ。弱さを内包しながら前を向く眼差しが、好きだ。

その目でまっすぐに見つめられると、いつもブリジットは、声さえ出なくなる。

「好き。わたくしも、あなたが……ユーリ様のことが、大好きです」

抱きしめる手に、ブリジットは精いっぱいの力を込める。

その想いにまた、ユーリも応えてくれた。彼の腕が、ブリジットの身体を大切そうに包み込む。

二度と離さないというように。

ダンスを楽しむうちに、氷柱の下から出てしまっていたらしい。抱きしめ合う二人の髪や肩には、粉のような雪が降り積もっていく。その冷たさを感じれば感じるほど、ユーリの温かさが身も心も溶かしていく。

ゆっくりと身体を離したときには、お互いの目は潤んでいた。

ユーリがブリジットの両肩に、そっと手を置く。優しい手つきに睫毛を震わせて、ブリジットはおずおずと唇を開いた。

「ユーリ様」

「うん？」

差し出すように優しく促されて、ブリジットは覚悟を決める。

「言えてなかったことが、あるんです。本当はもっと早く、話さなくちゃいけなかったけど……」

耳を傾けてくれるユーリに向けて、ブリジットは秘密にしていたことを打ち明けた。

「卒業試験の日。わたくし、実は初めてのキスを、してしまって……だからその、今日は」

「誰だ」

「――え？」

「誰が、君に触れた」

ブリジットはぽかんとした。ユーリが黄水晶の瞳に、苛烈なほどの怒りをにじませていたからだ。それは愛おしむ少女に、自分のあずかり知らぬところで口づけをした存在へと向けられる、隠しようのない憤怒と嫉妬の感情だった。

ブリジットは緊張のあまり自分が言葉少なだったのに気づいたが、時すでに遅く。摑まれた両肩に痛いほどの力が込められる。痛みはそのまま、ユーリの激しい動揺を表していた。

「どの生徒だ、それとも他の……。ブリジット、教えてくれ。僕はそいつを絶対に」

「――ユ、ユーリ様です！」

このまま誤解が加速しては死人が出かねない。ブリジットは大慌てでユーリの言葉を遮(さえぎ)った。

遮られたユーリはというと、呆然としている。心当たりがないために、ブリジットの言葉の意味を捉(とら)えかねているようだ。

「……僕、だと？　どういうことだ？」

「だからっ、ルサールカの歌に囚われたユーリ様のところに、行きたかったから……あなたに、わたくしが、その、し、しちゃいまして」

しん、と沈黙が落ちる。ブリジットは完全なパニックに陥(おちい)りながら、必死の告白を続けた。

「はっ、はしたない、破廉恥な女だとお思いですわよね。でも仕方なかったんです、あなたの意識に干渉するためには、あなたの精気を吸うしか、それしかないと思ってっっ」

未(いま)だ、ユーリは黙ったままである。弁解するブリジットはもうほとんど泣きそうになっていた。

「その、い、今になって考えればキスまでする必要はなかったのかもしれませんっ。ただ唇を近づけて、漏れ出る精気を吸えば良かったわけで――つまりあれは、あの、わたくしがただキスをしたかっただけみたいなっ？　そんな感じもなきにしもあらず――」

「分かったから」

もはやユーリの反応を恐れるあまり、これは内緒にしておこうと決心していた本音まで盛大にぶちまけてしまうブリジット。

そんな彼女の茹(う)だるように熱い頬に手を当てて、ユーリは宥(なだ)めるように言う。

「もういい。分かったよ、ブリジット」

「……呆れました？」

「やむを得ない人命救助の行為ということだろう。今さら何か言うつもりはない」

（良かった……！）

ブリジットは心から安堵した。言わなくていいことまで暴露してしまった事実に、本人は気づいていなかったが。

「それはさておき、そのときの僕は意識がなかった。だから、初めてをやり直そうと思う」

「は………」

「君の目を見ながら、触れてみたい。キスがしたい。……いいか？」

あまりに直接的な言葉に、ブリジットの心臓がどくりと高鳴る。

そのまま、ふわふわとした熱に身を任せてしまえたなら気楽だったかもしれない。しかしブリジットはそこで躊躇った。

「だ……だめです」

「どうして」

「その、キ、キスはしたいです、けども」

そもそも、始めに要求したのはブリジットのほうだ。この期に及んで拒絶する気などないが、しかし。

真っ赤になりながら、消え入りそうな声でブリジットは懇願する。

「目、目は、閉じてください。恥ずかしい……」

——というのもブリジットという少女は、意地っ張り以上に極端な恥ずかしがり屋だった。

ユーリの頬にもまた、熱が上る。

唇を合わせたいとねだりながらも、ユーリの何気ない言動の端を気にして、目は閉じていてほしいと些細(ささい)なことを乞う。それが無防備に過ぎる淫らな誘いだと、本人は気づいてもいない。

いたいけに目を潤ませるブリジットを、もっと恥ずかしがらせたい——ふつふつと湧(わ)き上がる欲望に突き動かされるように、ユーリの口は動いていた。

「……手は？　握りながらで、いいのか」

言いながら、ブリジットの手を絡(から)める形でユーリが握る。思いがけない返答に、目元を染めたブリジットが狼狽(うろた)える。

「そ、それは、えっと」

「もう片方の手は、どうする。君の頬に添えるか。肩か、背に回すほうがいいか。それとも——」

「……ユーリ様、ひどいです。わたくし、ユーリ様としか、してないのに……」

ブリジットは涙目でユーリを睨(ね)めつける。正しいキスがどういうものかなんて、経験のないブリジットに分かるはずがないのだ。

そこでユーリは、反省したように少しだけ身を引いた。こほん、と咳払(せきばら)いをしている頬は、ブリジットに負けないくらい赤い。

「ごめん。少し、意地悪を言った」

もう、と肩を怒らせてから、ブリジットはくれぐれもと念を押す。

「目、ちゃんと閉じてくださいね？」

「ああ、分かった」

「でも、手は、繋いでて。繋いでるの、好きだから……」

「分かったよ、ブリジット」

くすくすと笑いながら、ユーリが言われたままに手を繋いでくれる。

「でも、キスをする直前までは目を開けていていいか。そうしないと、うまく触れられないから」

「それは、確かに……？」

自信なさげに言いながら、ブリジットはまず自分から、と目蓋を下ろしてみる。

だがその間にも、ぶわりぶわりと猛烈な勢いで手汗が出ているのが分かる。結局耐えきれなくなり、ブリジットは途中で目を開けていた。

「あの、わたくし、汗がすごいですし、変な顔してるかも――っ」

そのときには、わたわたと暴れるブリジットの顎をぐいと摑んで――少しだけ強引に、ユーリが唇同士をくっつけていた。

（あ…………）

ぎゅうと強く目を閉じたユーリの額にも、玉のような汗が浮かんでいる。

それを見たら文句を言う気なんて、どこかに消えてしまって……ブリジットは強張った身体からどうにか少しずつ力を抜いていく。

舞い降りてきた雪の粒が、からかうように鼻先に当たる。

だが、その冷たささすら今は愛おしい。触れ合う二人が交わす熱を、唯一無二のものだと教えてくれるから。

（……温かくて、柔らかい）

ブリジットはユーリに遅れて、ゆっくりと目蓋を閉じた。

しんしんと雪の降り積もる冬の季節といえば、人々は肩を縮め、背を丸くして、俯きがちに道を行くものである。

しかし精霊の加護を受けるフィーリド王国では、ジャックフロストが屋根や道に積もった雪をおいしそうに食べ、無邪気なシルフたちが雪の塊を風に浮かせて遊ぶ。そのおかげで、人々は冬の寒さにも負けず、笑顔を失わずに済んでいるのかもしれない。

それは王都外れにある偉大なる魔法学校のひとつ、周囲を大森林に囲まれたオトレイアナ魔法学院でも同様だ。

ただしそれは、入学して初めての冬を迎えてはしゃぐ一年生に限った話である。来年に卒業を控える最上級生――それも卒業試験に合格していない生徒たちはといえば、冬の寒さに目を向ける余裕もなく、再試験に向けて教室で勉強会を開いたり、魔法訓練場での特訓に挑んだりと追い込まれながら日々を送っていた。

そんな騒がしさと無縁なのは、図書館で過ごす二人の男女だった。椅子を寄せて座り合い、それぞれ開いた本のページに集中しているのだが、ひとつの膝掛けを広げて使っていることからも仲睦まじさは明らかだった。

その前を通りかかった司書は、はっと表情を険しくする。

「あ、あの。館内ではお静かに……！」

言い争いの絶えない二人の生徒を何度も控えめに注意してきた司書こそが、彼女である。彼女は他の司書からも頼りにされていた。あなたを除いて、悪い噂の多い彼らを注意できる人はいないわ──と。

そんな矜持、それと半年間によって培われた癖によって、見かけたとたんに注意してしまったのだが……意外なことに、その日の二人は特に声を荒らげたりはしていなかった。そもそも、いつも大騒ぎしているのは赤髪の少女だけではあるが……。

「……きょ、今日は静かでしたね。失礼しました」

素直に謝ってから、彼女は声を潜めて口にする。なんせここは、静寂を尊ぶ図書館なので。

「あの、卒業試験に合格したと聞きました。おめでとうございます」

言葉を選んでの祝福に、ブリジットはユーリと顔を見合わせてから、笑って頭を下げた。

「ありがとうございます！」


「もうすぐ冬期休暇だな」

読書の時間を終えて、ブリジットとユーリは図書館から出てきたところだった。

「ええ。時間が経つのは早いですわね」

人目を気にして、さすがに手を繋いではいない。学院内なので、それくらいの分別はお互いにあった。人気のない図書館で身を寄せ合って読書するのは、まぁ許される範囲だと思っている。

「ところでブリジット。僕たちの婚約について、なんだが」

その単語に、ブリジットは身を硬くする。

貴族同士の婚約に、親の許可は必須である。政略結婚が一般的な世の中で、想い合う二人の感情だけで婚姻まで漕ぎ着けるのは極めて困難だ。

ユーリと正式に婚約したいという感情は、ブリジットの中でも日に日に強まりつつあった。それはユーリのほうも同じだったらしい。

「冬期休暇の間に話を進めたいと考えている。いいか？」

「もちろんです！」

前のめりに頷いてしまい、少し恥ずかしくなるブリジットである。

「といっても、ノエル兄さんには話してある。父さんはともかく、母さんはどう反応するか分からないから……そのときは、味方になってもらおうと思って」

一も二もなく賛成するノエルの姿が思い浮かぶ。だがブリジットに笑みはなかった。

（ユーリ様のお母君は、きっと反対されるはずだわ）

その姿は、ブリジットの記憶の中で朧げだった。契約の儀の直前と、先月は水の一族の屋敷で遠目に見かけたが……。

だが、誰かに反対されたからと引き下がるつもりは毛頭ない。それだけの決意をブリジットはとっくに抱いていた。

「そうなんですわね。わたくしのほうは……」

そこでブリジットは口を噤む。

両親に話したい、祝福してほしい、という気持ちがないわけではないが、デアーグに会いに行くのは難しいだろう。それに彼を前にして滑らかに話し出せるほど、まだ心の整理がついているわけではない。

「君のご両親には、まずは手紙で挨拶をしたい。……いちばんの問題は、ロゼだが」

ユーリが苦々しい面持ちをしているので、ブリジットはおかしくなった。そんなに心配するようなこととは思えなかったからだ。

「大丈夫です。ロゼは優しい子ですから、心から祝福してくれますわ」

「それは君の幻想だ」

遠い目をするユーリを見上げて、ブリジットは首を傾げた。

「それと。また、デートがしたい」

不意打ちの一言に、ブリジットの胸がどきりとする。

「……わたくしも、したいです」

「行きたい場所があったら教えてくれ。僕も考えておくから」

「は、はい。知恵を振り絞りますっ」

こくこくこく、とブリジットは首を振って一生懸命に頷く。大袈裟な物言いに、くすぐったそうにユーリが笑った。

「じゃあ、これから僕は教室に用があるから」

「教室に?」

「時間があれば顔を見せてくれと、何人かのクラスメイトからしつこく言われてな。卒業試験についてアドバイスがほしいそうだ」

まぁ、とブリジットは驚く。極寒のユーリ相手に縋りついてお願いするとは、その生徒たちはなけなしの勇気を振り絞ったことだろう。

それなら彼らを最初から優先してあげるべきだったのでは……と思わなくもないブリジットだが、ユーリが迷わず迎えに来てくれたのを嬉しいとも感じている。

「……では、また」

「ああ。また明日」

マフラーを巻き直して、ユーリの背中が遠ざかっていく。その姿を、ブリジットは頬を染めたまま見送った。

こんなふうにユーリと、近い距離で——恋人同士の距離感で話すのが、いつか当たり前になる日が来るのだろうか。

想像するブリジットだが、それだけで心臓がどくどくと騒いで破裂しそうになるものだから、服の上から胸をぎゅっと押さえる。

(でも、もっと一緒にいたかった、……なんて)

「ブリジット」

「うひゃっ」

そのとき、背後から声をかけられてブリジットは跳び上がった。

「ト、トナリさん？」

振り返ると、そこに立っているのは精霊博士トナリである。

薄汚れた皺だらけの服に、飾り気のない黒い外套を羽織っている。そんな彼を前にして、ブリジットは戸惑った。

いったいどうやってこの距離まで近づいたのだろう。気を抜いていたとはいえ、まったく人の気配を感じなかったのだが……。

（あっ。ケット・シーの能力かしら？）

トナリの契約精霊が、その力を発揮したのかもしれない。

もしかしてブリジットが卒業試験に無事合格したのを知って、こっそり祝いに来てくれたのだろうか？

（まぁ、それはないわよね）

クライドたち試験への協力者を集めるのに、学院は神殿の手を借りたようだ。となるとトナリもそこに関わっていそうだが、ブリジットの試験結果を知って駆けつけるような彼はまったく想像がつかない。

『ぴ！』

ブリジットの髪から出てきたぴーちゃんが、トナリに向けて挨拶するように片手を挙げる。ぴーちゃんはトナリによく懐いていて、見かけるたび嬉しそうにするのだ。

しかしトナリは、ぴーちゃんを見ても笑いかける余裕がないようだった。周囲を見回すと、ブリジットの腕を引いて素早く図書館近くの脇道（わきみち）へと入る。

「このへんなら、人の目はないな」

「え、ええ。あまり人が寄りつかないので、大丈夫だと思いますけど……」

戸惑うブリジットにようやく向き直ると、トナリは険しい口調で切り出す。

「ブリジット。ぴーも、落ち着いて聞いてくれ」

『ぴ？』

そう口にするトナリの落ち着きのなさのほうが、ブリジットには気に掛かる。

くたびれた帽子の下に垣間見えるトナリの片目は、どこか悔しげな光を孕（はら）んでいた。

「大司教が亡くなった」

「……え？」

あまりに唐突すぎて、ブリジットの思考は追いつかない。

（……大司教が……亡くなった？）

脳裏に思い浮かぶのは、年老いた大司教の面差しだった。神殿で開かれる晩餐会（ばんさんかい）に、当初のブリジットは少なからず警戒心を抱いていたが、ぴーちゃんを見つめる彼の穏やかな目つきに安心を覚えたのだ。

（あの方が、亡くなった……）

「心臓に疾患を抱えていたそうでな。亡くなったのは残念だが、今は喪に服している場合じゃない。大司教が押さえていた勢力がフェニックスを得るために、もう動き出してるんだ。オレはリアム神官長の手引きで、お前さんを助けるために来た。お前さんには、今——後ろ盾がないからな」

トナリも動揺しているのだろう。早口で繰られる言葉の意味はひどく分かりにくい。

訊きたいことは山ほどあったが、ブリジットは何も口にすることができなかった。

ただ、ひとつだけ分かったのは——今このときも、想像もしなかった事態が進行しているということだ。

大きな手が、ブリジットの肩を摑む。揺れる瞳で見上げるブリジットに、トナリは彼らしからぬ切羽詰まった声で続けた。

「今すぐ逃げるぞ。一緒に来い、ブリジット」

書き下ろし番外編

積もり続けたのは

二列離れた、向かいの席。

そこが数日前からユーリの定位置となったことを、彼女は知らない。


――第三王子ジョセフが、婚約者のブリジットに婚約破棄を告げた。

学院を駆け回るその噂は、いくら世事に疎いユーリでもすぐに耳に入った。

魔法学院の中ホールを貸し切って開かれたパーティーにて、その出来事は起こったという。王族の婚約者という立場を笠に着て、男爵家の令嬢であるリサをいじめた卑劣なブリジットを、ジョセフは一方的に断罪した。

この国の第三王子であるジョセフは、彼の二人の兄と同様、いい評判が絶えない好青年として知られている。だからこそ、ジョセフの発言を誰もが疑いなく信じた。

しかし真に良識がある人間ならば、いかな理由だろうと、公衆の面前で婚約者を罵倒することはないだろう。ただブリジットに恥をかかせるために、ジョセフはそんな手段を選んだに違いない。

そもそもブリジットがリサと話しているところを、ユーリは目にしたことがなかった。学院中の生徒に聞いて回っても、おそらく同じ答えが返ってくるはずだ。

（そんなことは、関係ないんだろうが）

博愛主義者として知られるジョセフに対し、ブリジットの評判はひどいものだった。昔の彼女は好奇心旺盛で、子どもながらに博識な少女として知られていたが、今や高飛車で傲慢な女だと嘲笑われるばかり。誰も噂を疑わないのも、そんな前評判があったからだ。

微精霊と契約したことで別邸に追いやられ、ジョセフと婚約したブリジットの身に、多くの変化が起きたことは言うまでもない。

だがそのほとんどを、ユーリは知らなかった。ブリジットの婚約者だったといっても、それは本当に幼い頃のことで、正式に話がまとまっていたわけでもなかった――。

ブリジットの婚約破棄から二日後のことである。

廊下を歩いていたユーリは、同じクラスのリサに話しかけられた。まったく興味がなかったので愛想のない返事をしたら、なぜかリサが声を上げて泣き出した。

そこを通りかかったジョセフに絡まれたのは、ユーリにとってとんでもない不幸だった。

「聞いているのか、ユーリ・オーレアリス」

「もちろん先ほどから拝聴しておりますよ、ジョセフ殿下」

「……無礼な奴だな。王族を相手にそのようにふてぶてしい態度を取るとは」

睨みつけてくる目には、ユーリへの露骨な嫌悪感がにじんでいる。

（この男の、どこが博愛主義者なんだか）

呆（あき）れながら、ユーリはジョセフやリサの中身のない文句を右から左へ適当に聞き流す。

明確な非がない以上、ユーリがジョセフに頭を下げる理由はなかった。第三王子だからと、彼が学院内で特別の権力を有しているわけではない。そして子ども同士の些細（ささい）な諍いを問題にすれば、困るのはオーレアリス家ではなく王家のほうだ。

それを本当は理解しているからこそ、ジョセフも他の生徒の前で偉そうに叱責（しっせき）するだけに留めている。自分の立場を保つために、ただユーリを利用しているのだ。

下らない茶番劇に溜（た）め息（いき）を吐きそうになっていたユーリは、視界の隅にその色を見つけた。

(ブリジット……)

本人は柱の影にしっかり隠れているつもりなのだろうが、目立つ赤髪がちょこんと覗（のぞ）いている。背を向けているジョセフやリサは気づかないだろうが。

そう。ブリジットは今、ジョセフと一緒にいるわけではない。その事実に安堵（あんど）しかけて、ユーリは愕然（がくぜん）とした。

(僕は、喜んでいるのか。ブリジットが婚約破棄されたことを)

身勝手すぎる自分に、吐き気を覚える。

ブリジットがジョセフに微笑（ほほえ）みかけ、嬉（うれ）しそうに腕を組んでいるのを見かけるたび、どうしようもなく心が乱された。それでもブリジットが幸せなら、笑っているなら、それでいいと思っていたのに――本音の部分は、違っていたのか。

自己嫌悪に浸りながら、ジョセフ越しに観察する。ブリジットは固唾を呑（の）んで、こちらの様子をしきりに観察しているようだ。

（僕……ではなく、ジョセフ殿下のことを気にしているのか）

きっと彼女は、ユーリのことを覚えていない。覚えているなら、学院に入学した時点で恨み言のひとつでも吐いていたはずだ。

覚えていてくれれば、と思う。覚えていてくれなくていい、とも思う。相反した感情に振り回される自分を、いつだってユーリは氷のような仮面の下で持て余していた。

目が合うと、ブリジットは慌てて逃げていく。それをユーリは黙って見送った。

――その数時間後、図書館でブリジットを見かけたときは驚いた。

ユーリはしょっちゅう図書館に通っていたが、ここで彼女に会ったのは初めてである。

何か心境の変化があったのか。それとも、教室や家に居場所がないのか。気になって仕方なかったが、世間話を装って話しかけることなどできるはずもない。ユーリはブリジットなど目に入らなかったように、彼女から二列離れた向かいの席に座った。

以前は、決まった位置などなかった。いつも手近な椅子に座っていただけだ。

けれどブリジットが次の日も同じ席についたので、なんとなくユーリも同じようにした。それが繰り返されれば、離れた席で読書するブリジットを見守るのが日課のようになっていった。ブリジットから視線を感じることは何度となくあったが、気づかない振りを決め込んでいた。

そんなことが続いたある日のこと。

ユーリは読み終えた本を片づけようと、椅子から立ち上がった。

すぐに気づいたのは、あの燃えるように赤い髪の毛が、右に左に揺れていたからだ。

「……ん？」

「『風は笑う』……風……か……」

本棚の前に立つブリジットは、ブツブツ呟きながら動き回っている。

あの難解な『風は笑う』の、どうやら原書を探しているらしいことはすぐに分かった。精霊が大好きな彼女らしい。あの頃からやはり変わっていないのだ、とも。

誰かに詳しい場所を訊きたくとも、ブリジットの悪い噂は司書の耳にまで入っている。それでひとりで、ああして探し回っているのだろう。

そこまで考えたとき、ユーリは一歩目を踏み出していた。

揺れる赤髪を視界の真ん中に捉えながら、心の中で自分に向かって命じる。すぐに引き返せ。今ならまだ間に合うだろう、と。

だが、止まらなかった。止めることはできなかった。ブリジットが探している本のタイトルが、とっくに目に入ってしまっていたから。

それは単なる言い訳に過ぎなかったけれど、そのときのユーリにとって縋りつきたいほど大事な言い訳だった。

ユーリは本に向かって手を伸ばす。

直後、白い手袋に包まれた指先と、ほんのわずかに触れ合う。

そうしてユーリは見た。

光り輝く宝石よりも美しい翠玉(エメラルド)の双眸(そうぼう)が、十一年ぶりに——ただユーリだけを、見つめるのを。

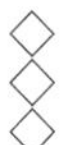

「ユーリ様。今日は学院で、何かいいことでもありましたか？」

ぎくりとした。

学院から帰ってくるなり、出迎えのクリフォードにそう問われたのだ。

ユーリは極端に、感情が表に出にくい人間だ。幼い頃からそうだったわけではなく、そうあるべきだと自分を律し、矯正した。他人に弱さを曝(さら)け出すことを自分に禁じたのだ。

それでも浮き足立つような高揚感を、それなりに付き合いの長いクリフォードには見抜かれてしまったらしい。自分の未熟さにげんなりしながら、ユーリは悪あがきのように聞き返した。

「なぜだ」

「そう見えますので」

むっとして見返せば、やっぱりそうでしょうと言いたげにクリフォードが笑う。その反応に、ますますユーリはむかついた。

十一年前のユーリは、ブリジットと精霊の話がしてみたいと思っていた。それはきっと楽しい時間になるはずだと夢想していた。

その小さな夢は、今日、叶った。ユーリは彼女と『風は笑う』の話をしたのだ。

（あれは精霊の話をした、とは言わないかもしれないが……）

ユーリはブリジット相手に、わざと憎まれ口ばかりを叩いたのだ。優しく振る舞ってブリジットに好いてもらうつもりはなく、むしろ嫌われるつもりで。

そんなユーリの不遜な態度の、何が琴線に触れたのか。それとも、誰でもいいから話を聞いてほしかったのか。ブリジットは幼い頃から今日に至るまでの出来事を、ぽつりぽつりとユーリに話してくれた。

そのおかげで、彼女の心境やジョセフとの関係について多くを知ることができたが――話の中に、ユーリの名前が出てくることはなかった。

意識して避けたという感じでもなかったので、やはりブリジットはユーリのことを忘れているのだろう。それを自分が喜んでいるのか、悲しんでいるのかも、ユーリには判別がつかなかった。

内気で弱い娘だったのだと、ブリジットは幼い日の自分を悪しげに語っていた。

それはおそらく、別邸に追いやられてからの彼女のことだ。ユーリの知るブリジットは、妖精のように愛らしく明るい子だった。そんな日々を、もう彼女自身は記憶の彼方に追いやってしまったのかもしれない。

（むしろ内気で弱かったのは、僕のほうだ）

今の自分は、十一年前とは違う。

だが、今さら強くなっても何かが変わるわけではない。あの頃のブリジットに救いの手を差し伸べられるわけではない。それが分かっているのだから、結局これは単なる自己満足だ。

(それなのに……なぜか、次の筆記試験で勝負することになった)

何がどうしたら、ほぼ初対面の相手と勝負をする、という話になるのだろう。

他の言葉が思いつかなくて、馬鹿(ばか)、と連呼したのが悪かったのかもしれない。自分が馬鹿ではないと証明するには、試験を持ち出すのが手っ取り早いとブリジットは考えたようだ。

とにかく、彼女が大の負けず嫌いなのは間違いなかった。

整った顔を忌ま忌ましげに歪(ゆが)めて、小さな唇をむっつりと引き結んだ表情が、脳裏に甦(よみがえ)り——

思わずユーリは、小さく笑っていた。

「……ユ、ユーリ様?」

そんなユーリの前で、クリフォードが唖然(あぜん)としている。

まさか冷酷で知られる主人がそんなふうに気の抜けた笑い方をするとは、夢にも思わなかったのだろう。咳払(せきばら)いしたユーリは軽く首を振って、今さらのようにクリフォードの質問に答えた。

「いや、何も」

多くを望むつもりはない。望む資格などないのだと、最初から分かっている。

「今日も、何もなかった」

それなのに、なんて浅はかなのだろう。

——願わくばもう一度だけ、彼女の近くにいたいだなんて。

あとがき

こんにちは、榛名丼です。

『悪役令嬢と悪役令息が、出逢って恋に落ちたなら4』をお手に取っていただき、誠にありがとうございます。


第三巻も好調ということで、こうして無事、第四巻を発売することができました。

つい先ほど伺いましたが、シリーズ累計も十万部を突破とのこと！　読者の皆様のおかげです、本当にありがとうございます……！

前巻がブリジットの家族のお話だったので、今巻はユーリの兄弟のお話、そしてそこに留まらずブリジットとユーリの関係がひとつの答えに辿り着くまでの物語となりました。

今巻にはウェブ版における第四部が収録されていますが、執筆したのが一年半前というのもあり、全体的に修正していく必要がありました。控えめに見積もっても六万～七万字は加筆しているはず……完全書き下ろしよりもずっと苦労しました（笑）

その分、思い入れの強い巻となりました。皆様にも楽しんでいただけていたら幸いです。

そして大事なお知らせです。今回もコミックス第三巻が同時発売しております。魔石獲り課題に挑むブリジットが可愛くてカッコいい！　迂回チル先生による美麗な漫画も、ぜひお楽しみくださいませ。

最後に謝辞になります。

担当編集のN様。「進捗いかがですか？」と問われて「まだ何も……」と答えたダメダメ作家の尻を叩いていただきありがとうございます。初稿に「自然と涙が溢れた」とご感想を頂戴し、とても嬉しかったです。

イラストレーターのさらちよみ先生。カバーイラストの幸せいっぱいな二人を見られて、万感の思いが込み上げました。ブリジットを見つめるユーリの柔らかな表情が大好きです。いつも素敵なイラストで物語を彩っていただき、ありがとうございます。

そしてこの本をお手に取ってくださった皆様に、心からの感謝を申し上げます。

引き続きアクアクシリーズを、どうぞよろしくお願いいたします。

悪役令嬢と悪役令息が、
出逢って恋に落ちたなら 4
～名無しの精霊と契約して追い出された令嬢は、
今日も令息と競い合っているようです～

2024年3月31日　初版第一刷発行

著者　榛名丼

発行者　小川 淳

発行所　SBクリエイティブ株式会社
〒105-0001　東京都港区虎ノ門2-2-1

装丁　AFTERGLOW

印刷・製本　中央精版印刷株式会社

ISBN978-4-8156-2437-8
Printed in Japan

ファンレター、作品のご感想をお待ちしております。

〒105-0001　東京都港区虎ノ門2-2-1
SBクリエイティブ株式会社
GA文庫編集部 気付

「榛名丼先生」係
「さらちよみ先生」係

本書に関するご意見・ご感想は
下のQRコードよりお寄せください。
※アクセスの際に発生する通信費等はご負担ください。

試読版は
こちら!